커피보다 보이차

김찬호

2010년 초반 저자가 나의 차장의 회원이 된 후부터 저자를 알게 되었다. 싱가포르에 살면서 홍콩에 출장을 오면 거의 반나절을 차장에 머물면서 차를 마시고 끊임없이 질문을 할 정도로 보이차에 대한 엄청난 열정을 가지고 있었다.

그동안 한국이나 싱가포르에 있는 지인들에게 좋은 보이차를 선택해서 보내주고 또 마셔 보게 했으며 지금도 그렇게 하고 있다. 과거 몇 년 동안 열정적으로 사람들에게 보이차를 소개하고 맛보게 하는 것을 보면서 누가 시킨 것이 아닌 스스로 즐기면서 기꺼이 하고 있다는 것을 느꼈다. 내가 저자로부터 보이차에 관한 책을 쓴다고 들었을 때 무척 기뻤고, 보다 많은 한국 사람들이 저자의 책을 읽고 보이차를 더 마셨으면 한다.

홍콩의 푸얼티 전문가 겸 마케터 더렉 유

항상 보이차를 주위의 지인들에게 소개하고 선물하는 김찬호 전무님을 통해 저도 처음 보이차를 접하게 되었고 자주 즐기게 되었습니다. 이번에 보이차의 관한 책을 쓰신다는 이야기를 듣고 더 많은 사람들이 보이차를 접할 기회를 가질 것 같아 매우 반가웠습니다. 요즘 미세먼지 때문에 많은 분들이 걱정이 많으신데요, 보이차에 들어있는 카테킨 성분에는 항산화 효과가 있어 미세먼지로 인한 염증반응을 줄여 주는데 도움이 될 수 있습니다. 100세 시대를 맞이하여 단순히 오래 사는 것보다 건강하게 장수 하는 것에 대한 관심이 늘고 있는데 보이차가 하나의 방법이 될 것이라고 생각됩니다.

강동 경희대병원 호흡기내과 최천웅 교수

일 년 내내 이어지는 대회 스케줄과 많은 갤러리분들이 오시는 프로 골프 시합을 하다 보면 부담감에 적지 않은 스트레스를 받기도 하지만, 삼촌이 권해준 보이차를 마신 뒤부터는 경기에 집중도 잘 되고 마음도 쉽게 차분해지는 것 같습니다. 골프 시합에서 안팎으로 받는 스트레스에 잘 대처하는데도 큰 도움이 됩니다. 올해도 보이차를 많이 마시면서 좋은 경기를 하려고 하며 보이차를 소개해 주신 삼촌에게 감사를 드립니다.

프로 골퍼 장하나

매일 정신적인 집중이 필요하고 스트레스를 많이 받는 직업을 가진 저는 얼마 전 동료 선수로부터 소개받은 보이차 덕분에 심적으로 훨씬 안정이 되었고 정신적인 집중도 더 잘 하게 되었습니다. 향후엔 저도 보이차를 좀 더 많이 마시면서 주변 사람들에게 널리 알리고자 하며 동료 선수에게 보이차를 소개해준 저자에게도 감사를 전합니다.

프로게이머 겸 유튜버 미로

나는 2000년 초부터 현재까지 보이차와 인연을 맺어준 사람이 수만 명쯤 된다. 적지 않은 시간 동안 보이차를 소개하고 판매하면서 기업특강을 했으며 수많은 사람들을 만났다. 그중에서도 이렇게 차생활을 즐기며 적극적으로 주변 사람들에게 알리려고 노력하는 사람을 알게 되었다는 것은 내 삶에서 대단한 보람으로 여기게 되는 부분이다.

저자를 처음 만난 건 2010년쯤 여의도에서 보이차 전문점 지유명차를 운영하고 있을 때였다.

그는 보이차의 이로움을 경험한 후에 주변 사람들에게 보이차를 통해 얻게 된 효능을 알리기 위해 비즈니스 미팅은 술이 아닌 보이차 모임으로 진행했다. 또한 많은 보이차 책을 읽고 정보를 나누며 경험치를 쌓아 주변 사람들에게 그 이로움을 알리는데 주저함이 없었다.

나는 앎을 실천할 줄 아는 사람이 이 시대 참 지식인이고 훌륭한
사람이라고 생각한다. 이러한 면에서 그는 배우는 것을 즐기고 사
람들과 함께 나누는 기쁨을 아는 사람이었다.

싱가포르, 중국과 홍콩, 대만 동남아에서는 차를 위주로한 건강
음료를 판매하는 곳과 차를 마실 수 있는 차관 카페가 많다. 한국
도 조금씩 차에 대한 관심이 커지고 있고 필요로 하는 사람들이 많
아지고 있으니 곧 언제 어디서나 차를 마실 수 있는 때가 올 것이
라 본다.

이번에 저자가 쓴 "커피보다 보이차"를 많은 사람들이 읽고 보이
차와 차생활의 대중화가 이루어졌으면 하는 바람이다.

한국차문화아카데미 원장 겸 티마스터 박동규

프롤로그

내가 보이차를 처음 마시게 된 것은 1994년 말, 서울의 한 외국 증권사에서 근무하고 있던 내가 홍콩으로 발령이 나면서부터였다. 당시 보이차에 대해 거의 알지는 못했지만, 홍콩에는 딤섬 등 중식을 먹으면 검은색의 차를 내어주었다. 생전 접하지 못했던 맛과 향이 음식과 아주 잘 어울렸고, 특히 중국의 기름진 음식의 느끼한 맛을 덜고 소화되는 것을 도와주었다.

그 후 보이차에 대한 관심이 커져 중국, 한국, 일본, 영어로 된 각국의 책들을 읽고, 많은 보이차 애호가, 수집가들과도 교류를 하게 되었다. 2000년 초 싱가포르로 주거지를 옮긴 후 현재까지 20년 가까이 거의 매일 하루 2리터 이상 보이차를 마시고 있다. 이렇게 보이차를 많이 마시기 시작하자 커피나 녹차, 홍차와 같은 다른 음료들은 확실히 덜 마시게 되었고, 내가 보이차를 권했던 수많은 사람들도 다른 음료는 거의 끊고 보이차를 주로 마시고 있다. 그들에 의하면 보이차를 마신 후에 실제로 몸이 달라지는 것을 공통적으로 체감하고 있었다.

학문에는 왕도가 없다는 말이 있다. 보이차도 마찬가지다. 지름 길을 찾기보다 스스로 꾸준히 마시고 몸으로 느끼며 배워야 한다고 생각한다. 내가 이 책을 쓰는 이유도 보이차에 관심은 있으나 기본적인 정보가 부족한 분들에게 조금이라도 쉽게 보이차를 접하고 알아가기 위한 길잡이가 되고 싶기 때문이다. 그래서 궁극적으로는 이 책을 읽은 독자들에게 '보이차에는 왕도가 있었다'라는 말을 듣고 싶은 바람이다.

이를 위해 보이차를 처음 접하는 사람부터 아주 오랫동안 마셔 온 사람들까지 함께한 세미나와 시음회 등에서 가장 많이 받은 질문들을 염두에 두고 가능한 쉽게 풀어쓰고자 했다. 또한 이 책에 나오는 보이차의 효능에 관한 부분은 많은 전문가의 조언을 구했고 다양한 참고자료를 찾아봤으며, 정확한 출처를 찾기 위해 노력했다. 그래서 보이차에 대한 오해와 고정관념을 바로잡고, 우리나라에서도 마음 놓고 즐길 수 있는 보이차 문화가 조금이라도 정착되는 데 도움이 된다면 그만큼 기분 좋은 일도 없을 것이다. 이 책을 읽는 분들이 용두사미가 되지 않고 보이차를 더욱 쉽게 이해하고 마시게 되기를 바란다.

마지막으로 나에게 많은 가르침을 준 국내외의 보이차 전문가들에게 이 책을 빌려 감사를 표하고 싶다. 향후에도 더 많은 시음회와 세미나를 통해서 여러 사람들과 보이차를 통한 다양한 만남의 기회를 갖길 바란다.

차 례

1. 몸이 먼저 느끼는 보이차

커피를 끊고 변하기 시작한 것들

내가 주로 커피를 마시는 주변 사람들에게 보이차를 권하기 시작할 무렵, 비싸고 맛도 없는 차를 왜 자꾸 추천하느냐고 핀잔을 듣곤 했다. 당시 그들은 커피를 거의 매일 습관처럼 마시고 있었는데, 밤에 잠을 잘 못 이루는 경우가 많았다.

커피는 중추신경을 자극해 각성효과를 일으켜서 피로를 줄여주는 듯 느껴지지만 카페인의 약효가 사라지면 오히려 피로는 누적이 된다고 한다. 반면 내가 경험한 보이차는 몸의 자각기능을 되돌려주고 전신의 에너지를 회복시켜주었다. 보이차를 꾸준히 마시기 시작하자 스트레스로 과부하된 몸을 진정시킬 수 있었고, 잠자리에 들기 전에 마셔도 아무 문제없이 잠을 이룰 수 있었다. 현재는 커피를 맹목적으로 마셨던 이들도 매일 물처럼 보이차
를 마시면서 몸으로 변화를 체
감하고 있다고 한다. 물론 보이
차에도 카페인은 포함되어 있
다. 그러나 보이차는 김치 치즈
낫토 등 세계적인 건강식품처럼
충분히 발효가 된 상태이다.

홍차나 녹차 같은 발효과정을 거치지 않은 차를 많이 마
시면 그만큼 위에 자극이 가게 된다. 홍차에 우유를 넣는 이
유도 이러한 자극을 줄이기 위해서이다. 보이차는 수년에서
수십 년간 발효시킨 차이기 때문에 매일 물처럼 마실 수가 있
는 것이다.

더구나 마시기 전 세차를 통해 남아있는 카페인까지 거의
다 빠져나가게 된다. 그래서 나는 수십 년 동안 수없이 많은
사람들에게 보이차를 권했지만 카페인 때문에 잠을 이룰 수
없었다는 이야기는 거의 들어보지 못했다. 건강을 생각한다면
커피보다 당연히 보이차이다.

보이차의 과거를 묻지 마라

보이차에 대해 내가 항상 강조하는 것 두 가지가 있다. 보이차에는 가짜가 없다는 점과 지난 과거에 대해 파고들 필요가 없다는 점이다. 사실 100-200년 전의 보이차는 현재 거의 남아있지 않다. 오래된 골동품급 보이차들은 이미 그 수량이 손에 꼽을 만큼 줄었으며, 존재한다고 해도 중국을 비롯한 한국, 대만, 일본의 수집가들에게 흘러들어가 있기 때문에 시장에서는 거의 찾아볼 수 없다. 혹시나 아주 비싼 가격으로 호가되는 보이차가 있다면 대부분 바가지라고 의심할만하다.

과거의 보이차는 지금과 같은 기호나 번호가 없었고, 수량도 적었기 때문에 이들 차창은 보이차 외에 쌀과 같은 것도 중개하면서 수입을 이어갔다. 가장 오래된 차창인 송빙호나 동경호조차도 1930년대엔 홍콩에 10개 바스켓(840편 정도)을 수출하면 홍콩 부자들의 수요를 충족시킬 수 있었고, 따라서 당시에 이 정도의 수량도 홍콩에서는 큰 거래였다. 이것이 그 당시의 좋은 보이차들이 오늘날까지 많이 남아 있지 않은 이유다.

1949년 중화인민공화국이 탄생한 이후에는 차업계의 모든 운용이 정부의 관리로 들어가게 되었고, 이러한 정치적인 변혁기에 많은 개인 차창들이 문을 닫게 되었다. 과거의 전통 깊은 차창과 같은 이름을 가진 오늘날의 차창이라 해도 당시와는 전혀 상관이 없게 된 것이다.

오래된 보이차에 관한 책들도 많지만 원래 과장을 좋아하는 중국인들의 성향과 문화혁명시기의 분서갱유까지 더해져 근거가 부족한 상황이다. 1960년대 문화혁명 당시 보이차가 청나라의 황제가 마시던 봉건제 시대의 유물로 받아들여져 보이차에 관한 대부분의 자료들이 분서갱유를 당하며 소실되었다. 그나마 전통 있는 보이찻집들도 모두 문을 닫고 말았다. 그 틈바구니에서 살아남아 겨우 명맥을 유지하던 보이차 장인들이 기억에 의지해 쓴 역사와 전통에 관한 자료들이 오늘날까지 주류를 이루고 있다. 때문에 전통 보이차에 관해 "100프로 이거다"라고는 말을 못하는 부분들이 많은 것이다.

물론 이러한 역사의 틈바구니 속에서도 극소수의 사람들이 보이차의 명맥을 이어받아 현재까지 다양한 실험을 하며 발전시켜왔다. 실제로 홍콩에서 1950년대부터 직접 숙차를 연구 개발했다는 사람도 아직까지 홍콩에 살고 있다.

1997년부터는 야생 차엽의 개념이 소개가 되었다. 이때부터 많은 개인 차상인들이 운남성에서 자신들이 선호하는 찻잎을 골라서 상표로 만들어 내기 시작했다. 소비자들도 중국정부가 관리하던 보이차에서 개인차창의 브랜드 보이차를 마시기 시작한 것이다. 또한 보이차를 만들 때 들어가는 찻잎과 무게, 압축의 방식, 성분과 제조 공정 및 포장방식, 디자인까지 달라지기 시작했다.

이처럼 설립이 자율화되면서 온갖 차창이 난립해 품질의 차이가 생기게 된 것도 사실이다. 때문에 중국 정부에서도 그것을 알고 1989년대 대익패(大益牌)라는 상표를 정식으로 등록하고, 2007년에는 운남대익차업그룹을 창립해 대대적인 유통과 마케팅을 해오고 있다. 대익패는 한국에도 입점해 있으며 강남 직영점을 비롯해 전국에 매장을 운영하고 있다. 다만 2000년대 초반의 대익패의 차라면 아직 어리기 때문에 생차보다는 숙차를 권한다.

위와 같은 이유로 나는 세미나에서 자주 언급하는 것이 있다. "다 마셔서 사라진 과거의 보이차를 알아보느니 현재와 미래의 보이차에 대해서 알려고 하는 것이 훨씬 더 유익하다"라고 말이다. 중국의 문화혁명 이전과 이후의 보이차는 분명 다른 성격을 가지고 있기 때문에, 나는 신빙성이 떨어지는 보이차의 과거에 대해 논하고 싶지 않으며 앞으로 보이차가 나아갈 길에 포커스를 두고 싶다. 굳이 알 필요 없는 어려운 주제들은 다루지 않고, 현재의 보이차를 맛보고 즐기고자 하는 사람들이 어떤 보이차를 고르고 마셔야 하는지 여러분과 허심탄회하게 이야기하고자 한다.

차담 - 보이차를 마시기 전에 알아두면 좋은 실속 정보

1. 먼저 한자의 해석이다. 보이차는 중국의 차이기 때문에 현재 중국에서 쓰는 간체자(简体字)를 알면 상품을 고르는데 상당한 도움이 된다. 다만 대만에서 주문한 보이차는 번체(繁体)로 쓰기도 한다.

2. 와인이나 녹차 등 유사한 음료에 상식이 있다면 큰 도움이 된다. 특히 알면 알수록 보이차와 와인은 매우 흡사하다는 것을 알게 된다. 예를 들어 포도농장을 뜻하는 샤또는 보이차의 차창에 비견되고, 라벨 보는 것과 빈티지라던가 심지어 오데 따블르까지 흡사하다. 어떤 토양에서 몇 년도 산인지에 따라 풍미가 다른 것도 비슷하다.

3. 음양오행(陰陽五行)이나 풍수(風水)를 알면 좋다.
보이차 그 자체로 자연이 들어있다고 할 수 있다. 공기, 물, 바람, 땅, 그리고 기운... 알면 알수록 이것들이 연결이 되어 있다는 것을 느끼게 된다. 예를 들어 홍인은 움츠러든 몸에 활력을 주어서 몸에 열을 내는 작용을 하며, 녹인은 몸이 찬 사람들에게 따듯함을 유지해주는 작용을 하고, 황인은 스트레스와 피로감을 회복시켜주는 효과를 주는 것으로 알려져 있다. 때문에 이렇게 자신의 음양오행에 맞는 보이차를 골라서 마신다면 더욱 좋은 효과를 볼 수 있다.

4. 최소한 꼭 지킬 부분은 지키자.

전통적으로 꼭 지켜야 할 사항들은 지키면서 마시는 것이 좋다. 예를 들어 여름에 덥다고 냉장고에 넣거나 얼음을 띄워서 마신다든지 또는 생차가 너무 쓰다고 숙차와 섞어 마신다든지 하는 것은 안 마시는 것만 못하게 된다. 차라리 그렇게 할 바에야 보이차 대신 이온 스포츠음료를 마시는 편이 낫다.

5. 위에서 언급했듯이 중국의 문화혁명 당시 보이차에 관한 많은 대부분의 자료들이 사라져 100% 정확한 자료나 제조 방법 등이 남아 있지 않아 전문가라고 불리는 사람들조차 근거가 부족한 가설을 주장하고 있다. 마치 동네 헬스클럽에 가면 오랫동안 자기방식대로 운동을 해서 근육이 생긴 사람들이 초보자들에게 저마다 각자의 방식대로만 운동법을 알려주는 상황과 같다. 즉 사람마다 경험하고 느낀 것이 모두 다르다는 것이다.

따라서 가장 좋은 방법은 많이 마시고 다양한 세미나에 참가하며 본인이 직접 느끼는 것이다. 골치 아픈 보이차의 역사나 종류에 대해 파고들기보다 현재 좋다고 알려진 차들, 그리고 나에게 잘 맞는 것들을 발견하는 것이 훨씬 더 유익하다.

보이차, 이것만 알고 마시면 된다

사전적 정의로는 보이차가 "운남성에서 생산된 대엽종의 찻잎을 쇄청 건조시킨 모차를 원료로 하여 발효시킨 흑차의 일종"이라고 한다. 보이차(普洱茶)라는 이름의 '보이(普洱)'는 중국어 'Pu'er'을 한자음으로 발음한 것으로, 여러 지방에서 생산된 차를 중국의 운남성 남부의 보이지구에 집하해서 각지로 보낸다고 하여 불리게 되었다.

중국 정부에서 발표한 국가표준의 보이차 정의(2008년 12월 1일부터 현재까지 시행되고 있다)를 보면

1. 운남 지리표시상품 보호구역에서 생산된 운남대엽종의 원료

2. 운남 지리표시상품 보호구역에서 만들어진 쇄청모차(晒青

毛茶: 살청과 유념의 과정을 거쳐 햇볕에서 건조한 것)

3. 운남 지리표시상품 보호구역에서 특정한 가공 방법으로 만든 차(생차나 숙차를 만들기 위한 가공법)

이 세 가지 조건을 충족시켜야 중국정부에서 공인한 보이차에 해당한다고 할 수 있다.

참고로 운남 지리표시상품 보호구역이란 중국정부에서 지정한 운남 11개 주, 75개 현, 639개 향 등을 말한다. 즉 중국정부는 운남성 일대의 지정된 산지에서 생산되고 가공된 것을 보이차로 규정하고 있다.

보이차를 분류하는 방법에는 여러 가지가 있을 수 있으며, 크게 형태와 명칭으로 나눌 수 있다.

형태에 따른 구분

① 둥근 떡 모양의 병차 [餠茶]

병차는 떡 모양이라는 뜻이며 둥그스름한 원 모양으로 가장 흔하게 볼 수 있는 형태이다. 병차의 무게는 1편당

357g이었으나 1990년대 이후로 1~2.5kg 큰 병차 혹은 100~500g의 작은 형태로도 다양하게 만들어지고 있다.

② 벽돌처럼 직사각형 모양의 전차 [塼茶]

전차는 벽돌 형태로 대량 운반할 때 상자 안을 꽉 차게 보낼 수 있어서 더 많은 양을 운반할 수 있었다. 주로 직사각형이 있으며 무게는 전통적으로 250g이나 최근에는 주문자들의 기호에 맞춰 500g도 만들어진다. 전차는 숙차나 생차로도 만들어지며 비교적 낮은 등급의 잎으로 만들기 때문에 저렴한 편에 속한다.

③ 사발 또는 주먹처럼 둥근 모양에 속이 움푹 파인 타차 [沱茶]

타차는 딱딱하게 만든 사발모양으로 하관차창에서 만든 것이 유명하다. 예전에 유럽에 수출을 많이 했다. 보통 법국타차(프랑스 타차)라고 하는데, 이러한 이유로 불리게 되었다. 타차 뒤의 구멍은 증기를 쐬고 압축할 때 생기는 물의 증발을 쉽게 하기 위해서 만들어진 것으로, 보통 100g과 250g이

있었지만 최근에는 주문하는 사람들의
기호에 따라 1kg, 500g, 250g, 100g,
50g도 있다.

④ 정사각형 형태의 방차[方茶] 및 마시기 쉽게 작은 사이즈
로 만든 소타차[小沱茶)와 소방차[小方茶]

방차는 정사각형 형태로 만든 것이며
보통이 250g과 100g으로 만들어진
다. 방차를 10g, 5g 정도의 작은 사이
즈로 만든 것을 소방차라고 하고, 타
차를 이처럼 작게 만든 것을 소타차라
고 한다.

⑤ 압력을 가해서 찍어낸 긴압차와 그렇지 않은(긴압하지 않
은) 모차 형태의 산차 [散茶]

흩어져있는 찻잎을 덩어리로 압축시킨 차를 긴압차, 뭉치지
않고 찻잎이 하나하나 떨어져 있는 차를 산차라고 한다. 긴
압차는 건조 과정에서 수분이 증발해 무게를 크게 줄일 수
있었기 때문에 과거에 운남에서 티베트까지 가는 먼 수출길에

산차의 모습

유리했다. 차를 뭉치면 공간도 확보하기 쉽고 적은 수의 말(馬)을 사용할 수 있기에 매우 경제적이었다.

⑥ 기타 다른 형태의 보이차는 버섯 모양, 큰 덩어리인 금과공조, 티백이나 가루 등이 있다.

버섯 모양의 보이차는 250g 7편이 1통으로 흔한 모양은 아니지만 티베트 사람들이 좋아하고 즐겨 마시던 형태이다.

이처럼 갈수록 다양한 형태로 판매되고 있지만, 병차나 전차 혹은 타차의 형태를 자사호나 개완(蓋碗: 주로 홍콩에서 사용하는 뚜껑 있는 찻잔으로 우려내는 전통적인 방법으로, 맛과 효능을 유지하는데 좋다)으로 마시는 방법이 일반적이다.

명칭에 따른 구분

보이차의 종류는 호급차(號級茶)와 인급차(印級茶) 그리고 숫자차(數字茶)로 나뉜다.

호급차: 중국이 1949년 사회주의로 바뀌기 이전에 보이차의 경영은 대부분 개인 차창과 차호에서 했다. 때문에 그 이전의 보이차를 호급차라고 부른다. 주요 호급차는 경창호, 동홍호와 같이 '호(號)'로 끝난다.

인급차: 중국이 사회주의로 바뀌면서 보이차는 국영 차창에서만 생산되었다. 인급차는 보이차를 쌓은 포장지에 '茶'자 도장을 찍은 것으로, 도장의 색깔에 따라 녹인, 황인, 홍인, 남인으로 나누었다. 인급차 역시 상당히 오래된 빈티지 버전이기 때문에 현재는 구하기가 상당히 어려우며, 있다 해도 매우 비싸다.

숫자차: 보이차에 주민번호와 같이 특정한 번호를 매겨서 만든다. 7432 7452 7532 7542 7572 7582 8582 8592 등이 유명하다.

읽는 방법은 7542는 앞 두 자리는 75년부터 만들었다는 의

미이며, 셋째 자리는 잎의 평균 등급을 1부터 10까지 표기한 것이다. 번호가 작으면 이른 봄에 딴 크기가 작은 잎이고, 번호가 높으면 가을에 딴 크기가 큰 잎이다. 마지막 숫자는 중국의 주요 차창 중 하나인 맹해 차창에서 생산되었다는 것을 뜻한다. 즉 차창의 고유번호를 의미하며 1번이 곤명(昆明), 2번 맹해(勐海), 3번 하관(下關), 4번 보이(普洱), 6번은 복해(福海), 8번은 해만(海湾) 차창을 가리킨다.

하지만 위의 번호를 반드시 이처럼 써야 하는 것은 아니기 때문에 번호만 보고 생산연도와 생산지 등을 확정할 수는 없다. 해당 보이차에 사용된 찻잎, 생산된 차창 등 대한 대략적인 정보를 확인한 후 개인의 취향에 따라 고르면 된다.

보다 더 자세한 설명이 필요하나 이 정도만 알아도 보이차의 기본적인 정보는 알 수 있다.

차담 - 차(茶)와 티(Tea)의 기원?

보이차는 아주 오래전부터 세계 각지로 수출되어 왔다. 특히 예로 부터 고원에 위치해 야채가 부족해서 차를 통해 필수영양소를 섭취 해왔던 중국과 티베트 사람들은 인류 역사상 가장 오래된 교역로 를 통해 운남성의 보이차를 들여와 차마고도(茶馬古道)를 형성했 다.

중국은 수백년 전부터 유럽으로도 차를 수출이 했는데, 주로 대만 의 맞은편에 위치한 복건성의 샤먼 지방에서 수출을 했다. 당시 복 건성은 차를 '떼'로 발음을 했고, 또다른 수출처인 광동지방은 '차'로 발음을 했다. 복건성에서는 16세기 해상을 통해 영국 독일 프랑스 등 주요 유럽 지역으로 수출을 했기 때문에 유럽에서는 차 를 티 'tea' 또는 떼 'teh'라고 불렀다. 광동성에서는 육로를 통해 주로 한국과 일본으로 수출을 했기 때문에 한국과 중국, 일본, 중 동 지역은 '차'로 발음하게 되었다. 그렇기 때문에 '티'와 '차' 모 두 결국은 중국에서 기원한 하나의 차에서 비롯되었다.

보이차 생산지의 자연환경

　운남성은 남한의 약 4배 정도의 넓은 지역이며, 차창들이 서로 생산 비법을 감추고 있기 때문에 각 지역별로 그 맛이 다르다. 그래서 전통적으로 오래된 차장을 추천하며 생산지에 따라서 판단을 하는 경우가 많다. 따라서 지역의 특색을 알아두면 자신이 원하는 보이차를 고르는데 큰 도움이 된다.

　고산지대인 운남성의 해발고도는 1000~1200m 이상으로 밤낮의 기온차가 커서 차나무 성장에 유리하다. 또한 우기에 내리는 많은 강수로 물이 깨끗하고 풍부한 환경이다. 더구나 많은 일조량과 사계절이 따뜻한 기후는 찻잎을 생장시키기에 매우 알맞은 환경이다. 바람도 좋아서 운남은 구름의 남쪽이라는 뜻을 가지고 있다. 토양도 차나무가 잘 자랄 수 있는 pH 4.5~5.5의 약산성으로 많은 미네랄을 포함하고 있어 보이차를 키우기에 아주 좋은 조건을 이룬다.

　대부분의 강수는 운남성의 남쪽에 집중되어 있어 오래전부터 맹해나 이무 지역에서 나는 보이차가 맛이 좋기로 유명하였다. 보이차는 좋은 원료로 잘 숙성이 된 것을 골라야 하는데, 이것은 예술일 수도 행운일 수도 있다. 앞서 설명한 것처럼 중국 정부는 보이차를 운남성 일부 지역에서 나는 대엽종만으로 한정을 했다. 그래서 운남성에서 이어지는 국경의 지역들, 즉 베트남 미얀마 태국 등지에서 나는 잎들은 불과 수십 킬로의 거리 때문에 보이차로 인정받지 못하는 상황이 발생하게 되었다. 즉 변방차가 된 것이다(가짜라기보다는 사촌 사이라고 할 수 있다). 그렇다면 운남성 이외의 다른 지역, 인근 국가에서 재배된 보이차는 품질이 떨어지는 것일까? 사실은 전혀 그렇지 않다. 예를 들어 중국 국경에 밀접해 있는 태국에 위치한 홍태창이라는 차창이 있다. 보통의 변방 보이차, 즉 동남아시아 지역의 찻잎으로 만드는 대표적인 곳으로 이곳을 꼽는다. 중국에서는 보이차라고 인정하지 않지만 품질은 전혀 떨어지지 않으며 값은 저렴하다.

보이차라고 하면 종종 한국사람들 중에는 노반장(老班章)과 빙도(氷島)이라는 곳의 보이차를 마셔봐야 한다며 맹목적인 찬사를 보내곤 한다. 노반장에서 생산된 보이차를 맛보았거나 보유하고 있어야 제대로 알고 있는 것처럼 여기기도 한다.

그러나 무이암차의 대표격인 대홍포가 수선 혹은 육계 품종이 얼마나 많이 섞여 있는가에 따라 풍미와 질이 확연히 달라지는데도 불구하고 대부분 대홍포라면 비싼 가격을 주고 마시고 있는 것처럼, 노반장에서 생산된 보이차 역시 인근의 노만아(老曼峨) 지역의 보이찻잎과 병배(다른 지역이나 등급의 보이차 원료를 섞는 것)를 해도 차를 꽤나 마시는 사람들도 외관상 구분을 잘 못한다.

그렇다면 과연 값비싼 노반장차가 근처의 라오스 등지에서 채취한 잎과도 병배를 안 한 차인지를 어떻게 알 수 있을까? 그래서 노반장의 보이차가 아주 저렴하게 나왔다면 의심을 해 볼 여지가 있는 것이다.

또한 2007년 이전에는 노반장 지역에서 찻잎을 많이 채취하지 않았기 때문에 좋은 잎을 채취할 수 있었지만, 그 이후에는 노반장차가 인기를 끌면서 과연 수요를 공급이 따라가는지도 의문이다.

따라서 생산지에 관한 얕은 지식으로 차상인의 말만 믿고 사서 마실 바에야 차라리 자신의 입에 맞는 지역이나 차창의 보이차를 마시는 것이 좋다고 생각한다.

결국 운남성에서 보이차의 산지는 한국에서 인기 있는 노반장과 빙도 등의 지역만 있는 것은 아니다. 아직 사람들의 평가를 제대로 받지 못한 지역들과 차창들의 보이차들이 또 향후에 어떻게 나타날지 모르는 일이다.

사실 반드시 운남성의 보이차만을 고집하지 않고도 우리에게는 그 정도의 풍미와 효능을 얻을 수 있는 대안들이 있다. 그 대표적인 차들이 바로 육보차와 소청감이다.

육보차는 광서성에서 전통적으로 발효한 흑차의 한 종류로서 보이차가 인기를 끌면서 더불어 주목을 받고 있다. 19세기 말레이시아의 광산에 일하러 갔던 중국인들이 주로 마시면서 가난한 이들의 보이차로 알려져 있다. 1980년대 광산의 경기가 쇠퇴하자 가져갔던 차들이 남아있었고 90년대에 들어와 숙차와 맛이 흡사하고 효능도 비슷하지만 값은 훨씬 저렴하다는 것이 알려져 많은 차 수장가들에게 큰 관심을 얻게 됐다.

그러나 육보차는 운남성의 대엽종을 가지고 만든 보이차가 아닌 다른 종의 잎으로 만든 것이기에 보이차와는 비록 제조법이나 색과 맛, 향이 비슷하다고 해도 전혀 다른 차이다.

소청감은 약재로 쓰는 말린 귤의 껍질(진피) 안에 숙차를 집어넣어 만드는 독특한 차이다. 광동성에서 주로 생산되며 귤 속을 비우고 그 안에 보이 숙차를 넣은 후 불에 그을려 진피를 만들거나 오랫동안 건조한 소청감안에 보이숙산차를 넣고 숙성시킬 수도 있다.

귤성분이 들어가 있어 겨울에 마시면 기관지 보호와 감기회복에 아주 좋은 효과를 보인다. 보통 10g 정도의 작은 사이즈이고 통째로 끓는 물에 넣고 우리고 마시며 세차는 반드시 해야 한다.

다만 소청감의 진피유무와 안에 넣는 보이숙산차의 품질을 제대로 알리지 않고 고품질로 둔갑을 하기도 한다. 또 보이차의 전통적인 향과 맛을 즐기는 사람들 중에는 이 소청감이 주는 향이 익숙하지 않아 거부반응을 보이는 사람들도 있다.

생차와 숙차는 어떻게 다른 걸까?

보이차에 관한 오래된 이야기 중에 할아버지가 만들어서 손자가 마신다는 말이 있다. 생차로 만들어진 보이차는 한두 해 정도로는 맛이 떫고 흙과 풀냄새가 나서 오래 묵은 보이차와는 전혀 다른 풍미를 준다. 생산 후 발효까지 최소한 15~20년은 지나야 제대로 된 맛이 났던 것이다.

출처: www.puer10000.com

그래서 사람들이 주로 찾는 보이차는 오래 묵은 보이 생차일 수밖에 없는데, 그런 것은 당연히 수량이 적고 가격도 비쌀 수밖에 없었다. 이재에 밝은 홍콩 사람들은 이처럼 오래 기다려야 하는 생차가 아닌 빠르게 숙성을 시켜서 시장에 내놓을 수 있는 새로운 생산법을 1950년대부터 연구하게 되었고, 그 결과 1973년 곤명차창에서 악퇴(渥堆: 찻잎을 두껍게 쌓아 고온다습한 환경을 만들어 발효를 촉진시키는 과정으로, 몇 십 년 이상은 걸리던 후발효 과정을 1년 정도의 속성으로 완성시킨다)라는 과정을 거친 숙차가 만들어졌다.

　　정통 보이차와 전혀 다른 기법으로 만들어진 새로운 보이차가 대량으로 쏟아지자 세간에는 보이차는 곧 숙차라고 알려지는 웃지 못할 상황이 벌어졌다. 하지만 보이차는 원래 생차로 시작되었고 이후에 숙차가 나온 것이다.

　　지금은 보관방법과 숙성방법이 상당히 기술화되어 어린 생차도 충분히 마실만하다. 첫 몇 개월에서 몇 년 동안은 습한 차창에서 보관하다가 다시 건창으로 옮겨서 발효시키기 때문에 10년 정도 된 생차도 예전의 쓴맛과 흙, 풀냄새가 사라지고 상당히 훌륭한 맛과 향기가 나는 상품들이 많아진 것이다. 최근 10년 정도 된 생차를 마셔본 사람들은 과거의 생차와는 다르게 맛과 향이 훌륭하다는 것을 알게 될 것이다.

차담 - 건창과 습창

말그대로 건창은 건조한 곳에서 보관하는 창고이다. 바람이 서늘하고 햇빛이 안 드는 곳에서 천천히 익히는 전통적인 보관 방식으로 생차가 만들어지기 좋은 조건이다.

습창은 습도가 높은 곳에서 보관하는 방식이다. 보이차의 보관에 있어선 습도가 매우 중요한데, 습도에 따라 풍미와 발효상태가 완전히 달라지기 때문이다. 건창에서 보관된 보이차는 미생물의 발효가 적고, 산화발효가 높아서 향이 뛰어나고 탕색이 맑다. 오래된 생차일수록 어린 생차보다 색이 진해지고 맛은 더욱 부드러워지지만 15년 정도까지도 떫은맛이 사라지지 않기도 한다.

보이차를 만드는 단계는 나무에서 딴 잎을 위조(시들리기), 살청(덖음), 유념(비비기)의 과정을 거쳐 모차(毛茶)를 만든다. 모차를 압착을 하면 긴압차가 되고 그대로 두면 산차가 된다. 보이차 생차는 햇볕에 자연 건조한 모차를 증기에 쐬어 긴압한 차다. 이렇게 만들어진 생차는 오랜 자연발효 과정을 거치면서 차의 좋은 성질이 풍부해지고, 더욱 깊고 부드러운 맛을 느낄 수 있다.

숙차는 햇볕에서 건조한 쇄청모차를 쌓아두고 약 1년 정도 악퇴발효공정을 추가로 거쳐 숙성을 시켜 나온 차이다. 이미 발효가 많이 진행되어서 전체적으로 맛과 향이 부드러우며 목 넘김이 좋고 깔끔하여 특히 입문자들이 편하게 마실 수 있다.

습창에서 보관하면 떫은맛이 적어 마실 때 부드럽지만 풍미가 건창차에 비해 부족한 점과 관리가 잘 못될 경우 품질에 문제가 있을 수 있다는 단점이 있다. 하지만 습창차도 점차 발효 기술이 발전하면서 이제는 기술창 혹은 한 단계 더 나아가 과학창이라고 부르기도 한다.

이렇게 제다 특성에 따라 생차와 숙차로 나뉘며, 처음 전통 보이차를 접하는 사람들에게 비교적 부드럽고 편안하게 즐길 수 있는 숙차를 먼저 권하며, 그다음으로 생차를 접해보는 것을 추천한다.

2. 보이차로 체질을 바꿔라

커피 애호가가 보이차로 취향을 바꾸는 것은 어렵지 않을까

우리나라 음료시장은 지난 20년간 매우 빠르게 급성장했다. 그러나 음료시장의 규모로 보기에는 선택권이 많아 보이지만 실제로 단순화시키면 그렇지 않다. 자세히 보면 대부분의 커피숍들이 비슷한 메뉴들을 판매하고 있다.

또한 커피와 녹차와 유자차, 둥굴레차 등이 이미 대중화되어 있지만 보이차는 소수의 마니아들 사이에서만 인기를 끌어온 부분이 있다. 생각해보면 대만의 우롱차, 고산차도 별로 안 마시는데, 하물며 보이차는 중국산이라는 편견과 맛도 없고 값만 비싸다는 오해가 있었던 것도 사실이다.

이에 반해 녹차와 홍차는 깨끗하고 산뜻한 이미지와 유명 브랜드들이 포진해있다. 보이차는 와인과 녹차, 홍차와 비교

해서 전세계적으로 마케팅 브랜드가 약한 편이다. 아니 브랜딩 자체가 어렵다. 제작 방법부터 공유가 안 되고 있기 상황이다. 그러나 바꾸어 말하면 보이차는 아는 사람만 마시고 있는 중국의 대표적인 건강음료라고 할 수 있다.

나는 보이차를 마시기 전에 전용 냉장고까지 갖추고 다양한 와인을 즐겼다. 또한 무이암차(중국 복건성의 우이산에서 나는 차) 중의 대표격인 대홍포, 기란, 수선, 철관음 같은 각종 우롱차도 즐겨 마셨다. 그러나 우롱차는 반생반숙(반 정도만 숙성된 상태), 녹차는 생차(여기서 말하는 생차란 숙성이나 발효가 전혀 되지 않은 차를 의미하며, 보이차의 생차와는 다르다)이기 때문에 많이 마시게 되면 위에 강한 자극을 주었다. 반면에 후발효차인 보이차는 아무리 마셔도 위에 자극을 주지 않았기에 의도하지 않아도 자연스럽게 보이차를 많이 마시게 되었다. 그래서인지 녹차 우롱차 와인 등을 모두 접하고 마시다 보면 결국 보이차로 오게 된다는 말이 있다.

차담 - 보이차에는 가짜가 많다?

보이차라고 하면 아직까지 따라붙는 수식어들이 있다. 중국산, 중금속, 바가지, 가짜... 나는 이러한 보이차의 오명을 씻어내는 것이 우리나라 보이차 대중화의 시작이라고 생각한다.

사실 우리나라에서 처음 정식으로 보이차를 수입할 당시 잘못된 수입업체들로 인해 보이차에 대한 오해와 불신이 생긴 점도 있다. 2000년대 초반 보이차 붐이 일어났을 무렵, 한국에 들어와서 소개를 하고 판매하던 업체들 중에는 자질을 갖추지 못한 곳들도 있었다. 발효가 되지 않은 저가의 어린 생차를 고객들에게 내놓으며 원래 "보이차의 맛은 이렇습니다, 몸에 좋은 맛입니다"라는 말로 속여 고가로 판매를 하는 경우도 있었고 싸구려 숙차를 가지고 와서 오래된 생차라고 판매하기도 했다. 특히 호급차나 인급차처럼 희귀하고 비싼 보이차의 경우 가짜 포장지를 진짜처럼 바꿔서 판매하는 경우도 더러 있었다. 사람들은 맛이 쓰고 강하며 풀냄새까지 나는 값비싼 어린 생차에 대해 의문을 갖기 시작했고, 보이차는 맛이 없고 비싸기만 하다는 소문이 퍼졌다.
더구나 중국에서 개인차창들이 난립하면서 품질관리가 제대로 안된 보이차가 한국으로도 수입되기도 했다.
전반적인 보이차 제조 공정을 익힌 사람이 아닌 일부분의 공정만을 아는 사람이 기존 차창을 그만두고 만든 차창이 있는 등 천차만별이다. 현재도 중국에서는 수많은 차창들이 난립을 한 상태라서 전통의 방식으로 보이차를 만드는 곳도 있지만 보이차의 표면은 좋은 품질의 잎을 쓰고, 안쪽은 저급의 보이찻잎을 넣어서 속여 파는 등의 일도 종종 있다. 따라서 어느 지역에서 나왔는가도 중요하지만 어느 차창에서 만든 것인가도 역시 중요하다. 일반적으로 맹해(대익) 하관 해만 곤명 등 잘 알려진 차창에서 나온 보이차를 위주로 고르는 것을 추천한다. 사실 이곳들의 포장지도 난립한 개인차창들에서 바꿀 수 있기에 저품질은 없다고는 100% 장담은 하지 못한다. 그러나 품질이 떨어지는 보이차를 비싼 가격으로 바가지를 씌울 수는 있으나 여전히 보이차에는 가짜는 없다. 왜냐면 그것들도 결국 보이차이기 때문이다.

포장을 바꿔 놓은 것들을 주의해야 할 필요가 있다. 일례로 1950-70년대의 수출용 보이차에는 왼쪽 사진처럼 중차패원차란 글이 들어간다. 1970년에서 1996년 사이의 중국의 수출용 보이차에는 오른쪽 사진처럼 표지 아래에 영어로 yunnan tea branch라고 쓰여 있다. 당시의 수출용 보이차 표지는 광서성, 광동성, 복건성 등에서 나오는 녹차 등 다른 수출용 차에도 함께 쓰여 있었고, 보이차가 아닌 다른 차들은 Fujian tea branch 등으로 표기되어 있다.

때문에 1996년 이후 개인 차창들이 난립을 하면서 보이차에 중차패원차라고 쓰인 '가짜 표지'의 보이차들이 급증했다. 당시만 해도 지적 소유권이란 개념이 없다시피한 시절이라 생산자들은 더욱 오래된 50년대의 중차패원차를 사용한 것이다. 90년대 후반 중국정부에서 관리하는 대익패가 나왔으나 그보다는 50년대의 중차패원차 표지를 붙이는 쪽이 물론 더 잘 팔렸을 것이다.

따라서 90년대 말 이후의 보이차의 겉표지에 중차패원차라는 글이 들어가면 큰 의미는 없다고 본다. 다만 시간이 오래 지나며 발효가 되었기 때문에 맛은 상당히 좋은 것들이 많다.

아주 오래되어서 탕색이 진해진 생차는 귀하다 보니 탕색이 진한 숙차를 오래된 생차라고 속여서 판매하는 경우도 간혹 있었다. 그러나 숙차와 생차는 색과 맛이 확연히 다르기 때문에 요즘에는 그렇게 속여 파는 경우는 매우 드물다.
차상인이 보관에 대해서 경험이 있으면 습도가 높은 곳에 두고 발효를 시키지만, 예전에는 제대로 관리를 하지 못해서 곰팡이가 생긴 맛을 창미라고 하면서 그것이 보이차의 참맛이라고 속여 팔았던 차상인들이 동남아나 한국에도 있었다. 하지만 많이 마셔보면 금방 알 수가 있어 최근에는 그러한 차상인들도 크게 줄었다.

결국 위와 같은 사례 정도는 공부하고 사는 것이 현명하다. 이 책의 중요한 목적 중 하나도 그것이다.

보이차를 제대로 알고 고른다면 우리나라에서도 충분히 검증된 훌륭한 보이차를 구할 수 있지만, 모르면 별 도움이 안 되는 값만 비싼 상품을 구입할 수도 있다. 이것을 해결하는 방법은 보이차를 많이 마셔보는 것이다. 생차든 숙차든 무엇보다 많은 시음을 통해서 어떤 보이차가 내 입맛과 몸에 맞는지 직감적으로 알 수 있기 때문이다. 또한 보이차를 오랫동안 마시고 공부해온 사람들과 함께 마셔보는 기회를 갖고 조언을 들어보는 것도 좋은 방법이다. 이 책의 후반부에서는 좋은 보이차를 저렴하게 고르는 방법들을 소개하고 있으니 참조하길 바란다.

마시기만 해도 살이 빠진다!

보이차를 마시면 정말 체중감량에 도움이 될까?

최근에는 인기 스타들도 다이어트법으로 보이차를 활용해서 보이차 다이어트가 큰 주목을 받기도 했다. 기름기가 많은 음식을 먹는 중국인들은 상대적으로 비만율이 높지 않은데, 그 이유가 중국 사람들이 보이차를 자주 마시기 때문이라는 의견도 있다.

청나라의 전통의학서인 본초강목습유에는 보이차고(농축액)이 '몸의 해로운 기름기를 제거하고 숙취와 갈증 해소와 소화에 도움을 준다'고 기록돼 있다. 특히 보이차에 포함된 '갈산(Gallic acid)'이라는 성분은 몸 안에 지방이 쌓이는 것을 억제하고, 몸속에 과다하게 쌓인 체지방을 배출하는데 효과를 보인다고 알려져 있다. 즉 꾸준히 보이차를 마시기만 해도 다이어트에 효과가 있다는 것이다.

과학적으로도 보이차의 지방 신진대사와 비만환자의 체지방 감소가 확인되었다. 프랑스 성 안토니오 의과대학의 캐로비 박사의 임상실험에 따르면 보이차에 담긴 '카테킨' 성분은 장운동을 도와 노폐물과 숙변을 제거하는 데 효과가 있다고 한다. 보이차를 마시는 것만으로도 지방분해의 효과가 과학적으로 확인되었음을 밝힌 것이다.

물론 보이차가 살이 얼마나 빠졌다는 통계적인 수치는 알기 어렵다. 그러나 확실한 것은 보이차의 성분이 장운동을 활성화시켜 주고 몸의 기를 돌려주며 장활동을 배가시키는 데 도움을 준다는 점이다.

여성에게 축복 같은 차

보이차는 혈액순환을 도와서 우리 몸의 복원력을 유지시킨다. 보이차 모임에 나온 한 여자 후배는 습관성일 정도로 기립성 저혈압 증세를 가지고 있었다. 의자에 오래 앉았다가 일어서면 머리가 핑 돌면서 갑작스러운 어지러움이 찾아왔고, 중심을 잃을 뻔한 적이 자주 있었다. 오랫동안 잊고 있었던 보이차를 집에서 꾸준히 마시자 어지럼증은 점점 사라지고 혈압이 정상적으로 유지되기 시작했다.

또 다른 여자 후배는 보이차 모임에 나온 이후 얼굴빛이 확연히 좋아지고 더욱 활발해지는 모습을 보였다. 이후에 듣게 된 이야기는 아주 심한 변비로 고생하고 있었는데, 보이차를 마시고 나서 오랜 세월 동안 달고 산 변비가 사라졌다는 것이다. 보이차는 모든 음식을 잘 소화가 되도록 도와준다고 알려져 있다. 위장운동을 도와 아침에 마시면 저절로 화장실 가게 한다. 본초강목습유에는 "보이차는 기름기를 제거하고 장을 깨끗하게 해주고 생진작용을 한다"라는 기록이 있다.

또한 보이차는 몸이 상대적으로 차가운 사람들, 추위에 많이 타는 사람들에게 잘 맞는다. 특히 여성들 중에는 손발이 찬 체질이 많다. 그래서 보이차를 마신 후 손발이 따듯해지는 경험을 하고 보이차를 좋아하게 되었다는 이야기를 많이 듣는다. 보이차를 많이 마신 피부와 그렇지 않은 피부도 확연히 다르다. 피부가 거칠거칠했는데, 윤기가 나고 반질반질해지는 체험을 했다는 이야기를 수도 없이 들었다.

이처럼 보이차는 여성들에게 더욱 좋다고 할 수 있다. 여태까지 여성들에게 보이차를 추천해서 싫다는 사람을 보지 못했다.

물처럼 마셔도 부작용이 없는 유일한 차

나는 하루에 2리터 이상 보이차를 마신다. 말 그대로 물처럼, 아니 그 이상으로 마시고 있는 것이다. 지금까지 만난 보이차를 즐겨 마시는 사람들은 대부분 매일 2리터 이상씩 마시고 있었다. 물론 수분섭취는 기본적으로 물을 통해 하고 있지만 물만큼 마셔도 부담되지 않는 유일한 차라는 것이 공통적으로 하는 말이다. 커피와 녹차, 홍차, 우롱차 등의 발효가 안 된 차들은 많이 마시면 위에 자극을 준다. 그러나 보이차는 이미 완전히 숙성이 되어 있거나, 생차의 경우도 수십 년의 세월이 흐르면서 자연 발효가 되어있기 때문에 물처럼 마셔도 위에 무리가 없다. 더구나 보이차는 다른 어떤 차보다 몸에 빠르게 흡수가 된다. 함께 마시며 듣는 이야기 중하나가 보이차는 이상하리만치 화장실에 덜 가게 된다는 것이다.

사실 이만큼 편하게 마실 수 있는 차음료가 없다는 것도 보이차의 가장 큰 장점이다. 커피나 녹차와 홍차를 아무리 좋아해도 물처럼 마실 수는 없는 것이다. 우리나라 큰 절의 많은 주지스님들이 보이차를 즐긴다고 알려져 있다. 매일 부담 없이 마실 수 있는 차가 얼마 되지 않기 때문이다. 그런 이유로 스님들이 서울 조계사에 오면 보이차를 구매하면서 자연스럽게 조계사 앞에 보이차 가게 거리가 형성되었다. 상대적으로 절이 많은 부산 지역에 보이차집이 많은 이유도 이 때문일 것이다.

차담 – 보이차와 잘 어울리는 음식은?

편강(생강을 얇게 저며서 설탕에 조려 말린 것)을 함께 먹으면 보이차가 몸 안으로 흡수되는 것을 잘 느낄 수 있다. 편강을 혀에 올려놓고 잠시 있으면 침이 나오면서 눅눅해진다. 그 상태에서 편강을 씹어 삼키면 몸은 음식물을 받아들일 준비를 하게 되고, 이때 보이차를 마시면 보이차가 몸속 깊은 곳까지 들어가는 느낌이 든다.

약간 쌉쌀한 맛이 나는 생차에는 양갱이나 초콜릿, 대추 또는 견과류 등을 함께 먹기도 한다. 또한 보이차를 맛볼 때는 와인처럼 혀의 여러 부분에 닿을 수 있도록 보이차를 머금고 입안에서 한 바퀴 돌려주면 맛을 더욱 입체적으로 느낄 수 있다.

학생들에게 강추할 수 있는 차

　보이차와 같은 대엽종의 차들은 소화에 부담이 없고, 심리적인 안정에 도움이 되는 것으로 알려져 있다. 그래서 홍콩과 중국의 학생들은 어려서부터 보이차를 많이 마신다. 에너지 드링크는 심장을 뛰게 하고 각성상태를 불러오는 반면 보이차는 오히려 차분해지면서 학습 집중도가 높아지는 효과를 가져와 수험생들에게 좋다고 알려져 있다. 또한 학생들이 커피나 탄산음료처럼 몸에 안 좋은 자극적인 음료를 잘 덜 찾게 되는 효과도 기대할 수 있다.

　특히 보이차를 비롯해 홍차와 녹차에 포함된 천연 아미노산의 일종인 테아닌(Theanine)의 효능은 정서안정, 기억력 증진, 학습증진 등으로 학습능력에 적용했을 때 매우 놀라운 효과를 보인다고 한다.

1. 기억과 집중력

테아닌을 실험용 쥐에게 투여한 결과 도파민과 세로토닌의 수치를 증가시킴으로서 기억력과 집중력을 높이는 연구 결과가 있었다.

2. 수면의 질

취침 전 테아닌을 섭취하면 긴장완화로 이어져 쉽게 잠이 들고 숙면을 취할 수 있다고 한다.

3. 안정

테아닌의 섭취가 심박수의 감소에 도움이 되는 것으로 나타났다. 보이차를 비롯한 녹차와 홍차에 포함된 테아닌 섭취는 심신의 안정으로 이어질 수 있다.

4. 인지력 증가

테아닌은 신경보호의 효과가 있어 뇌기능을 향상시킨다고 한다.

5. 카페인 효과 억제

테아닌은 카페인의 흥분작용을 억제하는 작용을 한다고 한다. 카페인은 신경을 흥분시켜 자극을 빨리 전달하게 해서 피로감이 급격하게 오지만, 보이차에 포함된 테아닌은 흡수가 되면 흥분작용을 억제하고 정신이 명료해지며 몸을 가뿐하게 만든다고 알려져 있다.

3. 약 없이 치유하는 보이차

해독주스 따로 마실 필요 없다

몇 년 전에 아주 친한 후배 중 한 명이 병원에서 간수치가 무척 높게 나와 주변에서 우려가 컸다. 큰 병이 되는 건 아닌가 걱정이 될 만큼 얼굴색이 어두워 보였다. 그 후배는 지인의 소개로 나의 보이차 모임을 시작해 꾸준히 마시기 시작했고, 이듬해에는 간수치가 거의 기적적으로 내려갔다. 또 다른 운동선수 출신의 후배는 고혈압과 콜레스테롤 수치로 걱정을 하고 있었는데, 내가 몇 가지 보이차를 소개해 준 이후로 열심히 보이차를 마셨더니 얼마 후에 수치가 정상으로 돌아와 있어 깜짝 놀랐다고 한다.

홍콩이나 대만의 길거리에는 심심치 않게 보이는 차점(茶店) 내지는 차원(茶圓) 또는 명차(名茶)라는 단어가 들어간 우리나라의 다방 같은 장소들이 있다. 내가 홍콩에서 고객과 술을 잔뜩 마시고, 모두 취한 상태로 다음 술집으로 이동할 무렵, 갑자기 이들이 보이차 차점으로 향하는 것을 자주 보았다. 그들은 이곳에서 에스프레소처럼 작은 잔에 아주 진하게 우린 보이차를 마시곤 했다. 아무리 취해도 이것을 마시고 술이 금방 깨는 것을 보고 나도 자주 숙취 해소용으로도 마시게 되었다. 이제는 나도 대만과 홍콩 등지에 출장을 가서 술을 많이 마시면 항상 차점에 가서 생차를 진하게 우려서 마신다. 숙취해소에 기가 막힌 역할을 해주기 때문이다. 실제로 술 접대가 많은 증권업계 사람들에게도 보이차를 소개해서 그들의 숙취해소에 큰 도움을 주었다.

본초강목습유에는 보이차 농축액이 냉병에는 땀을 나게 하여 증상을 풀어낸다고 설명하고 있다. 뜨거운 차가 위장의 운동을 도와 소화를 촉진하고 한랭한 기운을 몰아내 해독작용을 한다는 것이다.

활동량이 많은 낮에는 생차를 마시고, 잠자리에 들기 전에는 숙차를 마시는 것도 좋은 방법이다. 또한 식전보다는 식후에 마시는 것이 소화효소를 촉진하기 때문에 좋다.

보이차의 동맥경화 감소 효과도 중국에서 실시한 항동맥경화에 관한 연구를 통해 확인되었다. 혈장의 콜레스테롤, 중성지방, 유지 지방산을 낮추고 지방간을 줄여준다는 것이다. 즉 지방을 줄이며 인슐린 저항성을 개선하고 심혈관 관련 질병을 개선할 수 있다고 한다.

최근에는 갈수록 극심해지는 미세먼지 때문에 많은 이들의 걱정이 크다. 전문가들은 보이차가 미세먼지에 도움을 줄 수 있는 방법 중 하나가 될 수 있다고 말한다. 보이차에 들어있는 카테킨 성분에는 항산화 효과가 있어 미세먼지로 인한 염증반응을 줄여 주는데 효과가 있다는 것이다. 수분섭취를 많이 하면 기침을 줄여줄 수 있지만, 몸에서 받는 스트레스를 가라앉히고 염증수치까지 낮춰주는 보이차가 미세먼지가 많은 날 마시기에 더욱 알맞을 수 있다.

천연 발효차로 외부의 스트레스로부터 몸을 보호한다

현대인들이 받는 수많은 스트레스는 신체의 건강에 매우 많은 영향을 끼친다. 보이차는 면역계를 강화시키는 효과를 가지고 있으며, 스트레스에 노출되어 있는 사람들에게 혈압 상승을 억제하는 등 좋은 효과를 줄 수 있다.

보이차는 혈액순환을 도와 피로회복과 활력 유지에 좋은 효과가 있다고 알려져 있다. 손발이 붓고 목덜미가 뻣뻣한 느낌이 드는 혈액순환장애에도 효과가 좋다. 보이차를 처음 마시면 어지럽고 땀이 난다는 사람도 있다. 그러나 그것은 보이차가 우리 몸의 정체되어 있던 기를 돌려주는 반응이다. 우리는 흔히 몸에 기운이 없다고 이야기하지만, 이것은 잘못된 표현이라고 할 수 있다. 사실 기운이 돌지 않는다고 하는 것이 더 적절한 표현이다. 스트레스를 받으면 우리 몸의 기는 단전 부위에서 움직이지 않게 된다. 그것을 돌려주는 것이 보이차의 효과 중 하나이다.

잘못된 식생활과 생활습관으로 인해 무너져가는 우리의 몸을 원래의 상태로 되돌려주는데도 탁월하다.

　현대인들의 몸은 온갖 인공식품과 자극적인 첨가제 길들여져 스스로 이전의 몸상태로 되돌릴 수 있는 회복력이 크게 무너져 있다. 보이차에 들어 있는 폴리페놀 성분의 일조인 카테킨은 대장의 미생물 체계를 바꿔 체내로 들어오는 독소를 줄인다고 알려져 있다. 보이차를 마실 때 쓰고 떫은맛의 주인공인 카테킨은 타닌이 산화된 형태다. 중국의 보이차과학 행동계획이라는 프로젝트 연구에 따르면 이는 숙차보다 생차에 두 배 이상 함유되어 있는데, 콜레스테롤 수치를 감소시켜 순환기계 질환인 고지혈증과 고혈당에 효과가 있어서 당뇨병 및 당뇨병으로 인한 합병증을 줄여주는데 특별한 효과가 있다고 한다. 대만대학 식품과학 연구소에서도 카테킨이 신체세포를 노화시키는 활성산소의 작용을 억제하는 항산화 기능과 항암작용이 뛰어나며 혈압을 감소시켜 동맥경화를 막는다고 한다.

　이와 같은 효능을 지닌 발효식품인 보이차는 백세시대를 살면서 건강한 삶을 위한 건강음료로서 제격일 것이다.

제대로 마시기만 해도 낫는다

2001년 나의 삶의 관점을 완전히 바꾸는 사건이 있었다. 외국 증권사에서 채권과 신용 및 파생상품들을 판매하고 있을 때였다. 한국에 출장을 와서 세미나와 미팅이 일주일 내내 이어졌다. 그야말로 살인적인 스케줄이 이어지던 시기였다. 나는 당시 보디빌딩 대회를 나갈 정도로 몸이 좋았기 때문에 건강에 대해서는 자신이 있었다.

어느 5월의 일요일, 전날 고객들과 골프를 마친 후 아침에 헬스클럽에서 운동을 하고 있었는데, 갑자기 의식을 잃고 쓰러지고 말았다. 당시 상황을 전해들은 바로는 이미 뇌출혈이 일어났고 왼쪽 동공이 풀린 상태(오른쪽 뇌는 뇌사)였다고 한다. 다행히 아무탈 없이 회복이 된 이후에 건강을 챙기기 위해 예전보다도 보이차를 본격적으로 더 마시고 공부하기 시작했다. 그리고 마시면 마실수록 보이차를 더 많이 마셔야겠구나 하는 확신이 들었다.

보이차는 고혈압과 콜레스테롤 등 중년 이후에 위협이 되는 요인들을 줄여준다고 한다. 보이차의 포장지나 우리고 난 찻물 위로 기름이 뜬다고 오히려 걱정하는 분들도 있다. 그러나 보이차에 뜨는 기름은 찻잎에 포함된 식물성 기름이 녹아 나와 생기며, 인체에 전혀 해롭지 않고 콜레스테롤 수치를 증가시키지도 않는다. 남녀노소 나이에 상관없이 즐길 수 있다는 점도 안심이 되는 부분이다.

보이차는 분명 만병통치약은 아니다. 그러나 몸으로 느낄 수 있는 활력을 주고 온갖 스트레스로 과부하 된 몸을 진정시키는데 효과가 있다. 아직도 굳이 왜 인스턴트 음료를 끊고 보이차를 마셔야 하는지 의구심이 드는가. 상용할 수 있는 건강보조 식품으로서 활용한다면 상당한 효과를 볼 수 있을 것이다.

차담 – 이런 보이차도 있다! – 충시(虫屎)

충시는 차벌레가 보이차 겉표지와 보이차를 먹고 배설을 한 것과 사체를 말한다.

보이차가 아주 오래되면 벌레들이 겉표지가 다 없어질 정도로 보이차를 갉아먹는다. 그 벌레의 사체가 보이차 위에서 죽으며 끈적끈적한 거미줄처럼 변하는데, 그것을 용주(龍珠)라고 한다. 그래서 용주차 내지 충시차(虫屎茶)라고 한다. 설명만 들으면 거부감이 들 수 있겠지만 맛은 충분히 마실만했다. 내가 충시차를 직접 마셔보았을 때 탕색이 일반 보이차보다 훨씬 진했고 생각보다 맛이 좋았다.

명품 커피의 대명사인 루악커피를 연상시켰다. 사실 굳이 충시까지 찾아서 마실 이유는 없다고 생각하지만 찾고자 한다면 상당히 귀한 만큼 구하기도 힘들며 가짜가 많으니 주의해야 한다.

4. 보이차, 이렇게 구하라!

나에게 맞는 보이차를 찾는 것이 답이다

내가 서울 조계사 근처 찻집에서 보이차를 마시던 어느 여름이었다. 옷을 멋지게 차려입은 남녀가 보이차 가게로 들어오더니 가게 주인에게 1억 원 이상의 최고급 보이차가 있는지 문의하는 것이었다. 자신은 중간 상인이며, 어느 나이가 많은 의뢰인이 건강을 위해 고가의 보이차를 찾고 있다는 것이었다. 나는 구매자가 얼마나 부자인지는 몰라도 '아이쿠' 하는 우려가 들었으나, 가게 주인은 세상에 그런 보이차는 존재하지 않는다고 솔직하게 말해 안도한 적이 있다. 나 역시 얼마전 1970년대 생산된 아주 값비싼 보이차를 운 좋게도 마신적이 있다. 기대하는 마음이 컸으나 너무 숙성이 돼서 아무맛을 느끼지 못하고 거의 공기처럼 넘어갔다. 수백 년 전의 침몰선에서 발견된 아주 오래된 와인을 열어서 마셨는데 맛이 하나도 없다는 뉴스 기사가 있었다. 보이차도 이와 마찬가지이다. 나는 40년 이상씩 아주 오래 발효된 고가의 보이차를 그렇게 비싼 돈 주고 마실 바에는 비록 15~20년 정도 되었지만 자기 입에 맞는 보이차를 잘 골라 마시는 것이 훨씬 낫다고 생각한다. 그렇다면 나에게 맞는 보이차를 어떻게 골라야 할까.

첫 번째로 차장(茶莊)이라고 불리는 곳을 통해서다.

홍콩의 신성차장(新星茶莊)과 대만의 천인명차(天仁茗茶), 싱가포르의 차장들이다. 직접 가서 마시고 구매할 수 있으며, 자신들의 독자적인 상표로 보이차를 만들고 있기 때문이다. 특히 대만이나 홍콩은 여행 갈 일이 있다면 보이차장을 직접 방문해서 눈으로 보고 마셔보는 것을 권한다. 물론 이들 차장은 인터넷으로 주문도 할 수 있다. 한국에서는 지유명차(地乳名茶), 대익차(大益茶) 같은 곳이 있다. 내가 보이차 동호회 사람들과 함께 공동구매를 자주하는 곳이기도 하다.

둘째는 홍콩, 대만, 중국 본토에 가면 길거리에 흔히 보이는 차점, 차원, 또는 명차라는 단어가 들어간 소규모의 차를 마시는 장소이다. 나의 경우 주로 골프나 출장을 갔을 때 종종 들려서 마시곤 한다. 여기서도 좋은 가격에 훌륭한 보이차를 살 수 있으며 공동구매를 하기도 한다. 중국어를 하거나 한자를 알면 그들과의 협의가 훨씬 수월해진다.

세 번째는 인터넷에서 구매하는 방법이다. 직접 보지 않기 때문에 늘 품질이 우려가 되며, 상대적으로 소규모이며 고품질의 오래된 보이차를 확보하기도 어렵기 때문에 어린 생차나 숙차를 위주로 가져오기도 한다. 그러나 그중에서 오랫동안 좋은 보이차를 꾸준히 제공하는 곳들도 있다. 나 역시 이런 곳들에서 인터넷을 통해 공구를 여러 번 했고 매우 만족스러웠다. 그래서 인터넷에서 주문할 경우 오랫동안 상점이 유지되고 있는 곳을 추천하고 있다.

네 번째는 중국 특히 상해, 북경 그리고 운남성에 여행을 갔다가 구매하는 방법으로 가장 실수를 많이 하고 바가지를 쓰는 방법이다. 사실 운남성은 충분히 습하지가 않기 때문에 보이차를 보관하기에 적합하지 않은 지역이다. 그래서 과거에는 채취한 보이차 잎을 대부분 홍콩 등 다른 지역으로 옮겨서 보관했다. 즉 운남에 남아있는 보이차는 생산된 지 얼마 안 된 아주 어린 것들이나 수출을 못할 정도의 저품질의 보이차들이 많은 것이다. 관광객들은 운남성이라는 생산지만 보고 그것들을 비싼 가격을 주고 사오는 경우가 적지 않다. 보이차의 이미지 실추에 지대한 영향을 주고 있는 구매 방법이다. 이미 구매를 했다면 어쩔 수 없이 잘 샀다고 위로해줄 수밖에 없지만, 이렇게 현지에서 사면 무조건 좋을 것이라 생각는 갖지 않는 것이 좋다.

가이드의 소개를 통해서 찻집에 가는 것도 좋은 방법은 아니다. 몇 만 원짜리의 보이차를 수십만 원의 보이차로 둔갑시키기도 한다. 특히 보이차 입문자들은 경험이 적기 때문에 이것이 보이차의 맛이라는 말에 속는 경우가 종종 있다. 결국 운남은 보이차의 생산지이지 보관장소로서는 적합하지 않다는 것이다.

다섯 번째로 보이차 세미나 등에서 직접 시음을 통해 맛보고 구입을 하는 것이다. 나 역시 자주 보이차 동호회 사람들과 함께 시음회와 공동구매를 진행으로, 개별 구매보다 조금 더 저렴하게 구입하고 있다.

마지막으로 티백에 담기는 보이차는 상품(上品)을 만들고 남은 찌꺼기 잎으로 만든 하품(下品)인 경우가 많아 전혀 권하지 않는 방식이다. 홍콩에도 티백에 담긴 보이차나 우롱차도 많지만 맛이 없기 때문에 사람들은 잘 마시지 않는다.

　　하다못해 콩나물도 직접 보고 사는데, 무턱대고 홈쇼핑이나 인터넷 등에서 구입하는 것은 주의해야 할 일이다. 누가 어떻게 만든지도 모르는 보이차를 산다는 것은 절대 권하지 않는 방식이다.

차담 – 보이차를 고르는 꿀팁

보이차의 품질을 확인하는 것은 와인과 비슷하다. 즉 표지를 확인하고, 색깔을 보고, 냄새를 맡는다.

특히 보이차도 와인처럼 대략의 정보들은 표지에 쓰여 있어 이것들을 대략 알아볼 수 있을 정도만 된다면 자신의 입맛에 맞는 산지와 차창을 선택할 수 있게 된다.

1. **외표**: 외표지라고도 하며 보이차를 한편씩 포장한 종이로 원래는 없었으나 1950년대부터 사용하기 시작했다.

2. **내비**: 보이차 안이나 위에 올려진 직사각형이나 정사각형 모양의 작은 종이. 보통 쓰인 한자의 모습의 차이에서 만든 시기를 가늠한다.

3. **내표**: 직사각형으로 영어와 한자가 함께 표기되어 있다. 원래 크기는 2종류만 있었으나 1990년 후반부터 다양한 형태의 내표가 나타났다.

이러한 포장지는 대부분 한자로 쓰여 있기에 한자를 알아야 쉽게 이해할 수 있다.

보이차든 와인이든 자신이 아는 것만 보이게 된다. 따라서 많이 마시고 공부하고 몸으로 느끼는 것이 최상의 방법이라 하겠다. 자신이 사는 보이차를 맛보지도 않고 사는 것은 리스크가 너무 크다.

기본적으로 마시면서 자신에게 입맛과 취향 상황에 맞는 보이차를 찾는 것이 우선이다. 자기 몸에 맞는 차는 무엇인지, 어디서 보관할 것인지, 보관이 잘 된 차를 고르는 것이 가장 중요하다고 생각한다.

외표

내비와 내표

보이차를 더 맛있게 즐기는 방법

보이차를 마시는 방법은 크게 세 가지로 나눌 수 있다.

첫째로 홍콩이나 대만에서 즐겨 사용하는 개완(蓋碗)이라는 방법으로 특히 강한 맛을 즐기는 사람들이 선호하는 방법이다. 뚜껑이 있는 큰 컵에 보이차 찻잎을 넣고 적당히 물을 부은 후 기울이며 찻물을 따라낸다. 이 방법은 매우 간편하지만 잔이 매우 뜨거워지니 조심해야 한다.

둘째 중국의 전통 다기인 자사호(紫沙壺)를 이용하는 방법이다. 자사호는 색에 따라 주니(홍니), 남니(흑색), 녹니(녹색), 황니 또는 단니(노란색)로 불린다. 때리면 철처럼 탱탱 소리가 날 만큼 정교하게 만든 것부터 공장식으로 찍어낸 아주 저렴한 것까지 품질에 따라 가격도 천차만별이다.

자사호는 중국 강소성의 의흥에서 나오는 자줏빛 색깔의 모래인 자사(紫沙)를 캐고 빚어서 구워 만든다. 대만의 붉은 자사호나 광저우의 붉은 차호는 엄밀히 따지면 자사호에 포함되지 않는다. 대만은 독창적인 도예의 한 가지로 갈라져 나아갔으며, 광저우와 상해는 가짜 자사호가 매우 많으니 구입시 주의해야 한다고 한다.

중국 복건성 경덕진 지역의 도자기류의 백자 차호와 의흥에서 만드는 도기류의 자사호가 중국인들 사이에서 진품으로 인정받고 있다. 그런데 이 지역에서 생산되는 자사호가 특별한 이유가 있을까? 의흥의 자사는 구리와 쇠에 버금가는 열전도율을 가지고 있다. 유약이나 색료를 따로 입히지 않고 고온에서 특별한 화학반응을 하지 않아서 뜨거운 물을 계속해서 끓여도 안전하다. 또한 적정 온도를 유지하는 보온성도 탁월하다. 공기가 숨을 쉬듯이 들락날락하는 능력이 보이차의 향과 맛을 좋게 한다. 모든 것을 수공으로 만들며 반드시 1200도 이상의 온도에서 굽기 때문에 대량생산도 어려워 희귀하다.

세 번째는 가장 간편하고 많이 권하는 방법으로 우려낸 찻물만 아래로 내리는 표일배를 활용하는 방법이다(표일[飄逸]은 '뛰어나다, 편하다, 자유롭다'라는 뜻이며, 배[盃]는 '잔'을 뜻한다). 표일배는 평균 가격이 2~3만 원 정도로 부담이 적다. 용량은 900mm 정도를 추천한다. 번거롭게 자주 우리는 것보다 크게 우리는 것이 편리하기 때문이다.

먼저 표일배에 보이차를 넣고 100도의 팔팔 끓은 물을 붓는다(보이차의 좋은 성분은 팔팔 끓여야 우러나온다. 나는 끓인 후 식으면 전자레인지에 넣고 다시 덥힌 후에 마시기도 한다. 그만큼 뜨겁게 마시는 것이 향과 맛을 좋게 하기 때문이다). 첫 10-15초 후에 나온 첫 물은 씻어 버린다는 의미의 세차(洗茶)를 하고, 그 후에는 차의 농도에 따라 물을 첨가하거나 기다리는 시간을 조절한다.

세차를 하는 이유는 생산과 숙성 과정에서 들어갔을 수 있는 불순물과 농약 같은 케미컬과 남아있는 카페인 없애는 것, 그리고 오랜 시간 눌려있던 보이찻잎 사이로 물이 들어가서 차의 좋은 성분들이 녹아 나오도록 준비를 하는 것이다.

따라서 어떤 다기를 이용하던지 우린 첫물은 반드시 버려야 한다. 간혹 세차를 너무 오래 해서 간장색처럼 진하게 우러나오는 경우가 있지만 그때도 아깝다고 마시지 말고 과감히 버려야 한다.

사실 보이차를 이렇게 마셔야 한다는 정해진 답은 없다. 그렇다면 보이차를 즐기기에 가장 알맞은 방법은 과연 어떤 것일까? 내가 얻은 답은 가격을 불문하고 본인이 마셨을 때 가장 손쉽게 꾸준히 마실 수 있는 방법이다. 따라서 다양한 방법으로 마시며 나에게 맞는 방법을 찾아가길 권한다.

차담 – 값비싼 자사호 꼭 있어야만 하나요?

원래 보이차는 운남성 소수민족의 차로서 마시는 예법이 따로 없었다. 자사호 역시 대만에서 우롱차를 우려 마시던 전통에서부터 비롯된 것이다. 전용 다기를 갖추고 있지 않아도 보이차를 우리는 방법은 다양하다. 다만 조금 수고스럽더라도 자사호를 이용하는 것이 본래의 풍미를 가장 잘 맛볼 수 있는 방법이라는 점은 부인할 수 없다.

자사호는 가격부터 천차만별이다. 그래서 바가지 쓰기도 쉬운 부분이다. 부담되지 않는 자신의 형편에 맞는 금액의 자사호를 고르는 것이 중요하다. 너무 비싸거나 저렴한 것은 추천하지 않으며, 유명 보이찻집이나 보이차 전문가에게 조언을 구하는 것도 좋은 방법이다.

처음 자사호를 사면 사람들마다 조금씩 다르지만 나는 팔팔 끓는 물을 담아 놓거나 뜨거운 물에 삶는 것을 추천한다. 자사호도 물론 생차는 생차끼리, 숙차는 숙차끼리 우려야 한다. 다 마시고 난 후 항상 깨끗이 닦고 건조하는 것이 필요하다.

좋은 자사호를 고르는 것은 다소 어려운 과정일 수 있지만, 잘 고른다면 앞으로 즐기는 보이차의 맛과 향은 몇 배나 증폭이 될 것이다.

☆자사호를 고르는 기준☆

형태: 자신이 어떤 형태를 원하는가.

색깔: 내가 어떤 색을 좋아하는가.

용량: 평소 얼마나 많이 우릴 것인가(일반적으로 250~300mm 정도가 적당하다.)

두께: 차사호의 두께가 두꺼운 편이 좋다. 높이는 낮은 높이가 좋다.

출수: 보이차가 자사호에서 잘 따라 나오는지 확인한다.

보이차를 더 간편하게 즐기는 방법

외부업무가 많은 사람들에게는 보이차를 우리는 여행자용 도구를 이용하는 것도 좋은 방법이다. 나는 외근이나 여행, 골프장에 갈 때 숙소의 전기포트에 여행용 우리는 통을 넣어 우려낸 보이차를 보온병에 담아서 가지고 다니는데, 번잡하지 않고 매우 간편하다.

회사나 학교 등에서는 보이차를 우리는 철망이 들어있는 티팀블러를 사용할 수 있다.

자기의 기호에 맞는 보이차를 넣고 뜨거운 물을 담가서 세차를 한 후에 다시 뜨거운 물을 붓고 우려 마시면 된다. 그것도 없다면 커다란 머그잔에 보이차를 우리는 도구를 넣고 세차를 한 후에 다시 뜨거운 물을 붓고 사용하면 된다. 탕색이 진해지면 우리는 도구를 빼거나 물을 더 붓고 마실 수 있다.

4. 보이차 이렇게 구하라!

차담 – 보이차 마실 때 도움이 되는 도구들

보이차는 긴압을 하여 오랫동안 눌린 상태로 있었기 때문에 부수는 작업이 생각보다 어려울 수 있다.

나의 경우 아래와 같이 송곳 같은 도구를 이용하고 차도(茶刀) 같은 칼을 이용해서 보이차 옆에 홈을 내서 부순다. 출장이나 여행 중에 숙소에 커피포트 등이 있다면 보이차를 우릴 때는 아래와 같은 여행용 우리는 도구에 보이차를 담아 세차를 한 후에 우린다.

단점은 보이차의 색이 잘 안 보이기에 얼마를 우려야 하는지 모른다는 점이다. 그러나 보이차를 정확히 얼마 동안 우리라는 법은 없다. 마시면서 본인에게 맞는 시간과 농도를 알아내는 것이 좋다.

5. 보이차의 미래

보이차의 미래는 보관에 달렸다!

얼마 전에 후배가 자신의 집에서 보관 중이던 아주 아끼는 오래된 보이생차를 가지고 와서 감정을 부탁했다. 그런데 그 보이차에서는 음식 냄새가 무척 났다. 알고 보니 집안의 부엌에서 오랫동안 보관해 오고 있었다. 후배는 보이차가 근처의 향을 빨아들이는 성질이 있는 것을 몰랐던 것이다. 좋은 보이차였지만 아쉽게도 버려야 했다.

보이차는 어디서 채취했고 언제 어디서 만들어졌는가도 중요하지만, 어디서 어떻게 보관을 했는지가 더욱 중요하다(보관은 개인적으로 가장 중요하게 생각하는 부분이다).

보이차의 잎을 아무리 좋은 품질로 쓰고 유명한 차창에서 만들어도 보관을 어디에서 했느냐에 따라 향후에 맛과 향은 완전히 달라질 수 있기 때문이다. 대만과 홍콩, 한국에도 좋은 보이찻집이 많지만, 그곳에서도 보관을 제대로 하지 않으면 품질이 낮아질 수도 있는 것이다.

나는 이와 같은 보관의 중요성을 수없이 보아왔고 많은 사람들에게 솔직하게 말하고 있다. 수백만 원짜리 보이차를 사서 집에서 보관하고 마시고 싶다면 와인쿨러처럼 보이차의 온도와 습도를 유지해주는 장비를 갖추라고 말이다. 즉 고가의 보이차를 산다면 보이차 저장고나 저장용 옹기를 따로 구비하는 것을 권한다. 그렇지 않다면 그 보이차를 구매했던 보이차 가게에 보관할 수 있다.

물론 나도 30년 이상의 오래된 보이차를 집에서 보관하고 있지만 보이차 가게에서 숙성시킨 것과는 향후 차이가 많이 날 것을 각오하고 있다. 왜냐하면 개인들의 경우 특히 습도와 온도 등 계속해서 신경을 쓰면서 까다로운 보관을 제대로 할 수 없기 때문이다. 전문 차장은 온도계와 습도계까지 갖추고 보이차를 보관하고 있지만, 집에서 보관하는 보이차의 맛은 시간이 흐를수록 엄청나게 달라져 있을 것이다.

보이차를 구입하는 곳과 친해지면 그곳에서 보관을 해준다. 또한 개인은 비싸고 좋은 보이차를 오랫동안 집에서 보관하고 있는 것보다는 15년~20년 정도 지난 좋은 생차나 10년 전후의 숙차를 사서 그때그때 마시는 것이 좋다. '있을 때 잘해'라는 말이 있다. 마찬가지로 보이차 역시 있을 때 많이 마셔야 한다.

나의 경우 매일 마시는 보이차별로 작은 유리병에 코르크 마개를 덮어 보관한다. 유리 뚜껑 대신 코르크로 하면 공기가 통하기 때문에 좋다. 그리고 병마다 기록지를 붙여 언제 어디서 만들었으며 얼마에 산 것인지를 기입한다. 인터넷에서 판매하는 종이봉투 또는 대나무로 만든 통에 넣기도 한다. 또한 보이차를 처음 부수기 전에 외장지, 내표와 내지, 그리고 보이차의 앞뒤를 찍고 마시고 난 후에 엽저까지 같이 사진을 찍어 두면 효율적으로 관리할 수 있다. 마실 때 느낌도 함께 적어주면 좋다.

차담 – 개인이 보이차를 보관할 때는 이렇게!

1. 안정적인 온도

온도가 크게 바뀌지 않아야 하며 20~30도 사이에 안정적으로 있어야 한다. 추우면 보이차의 발효 속도는 늦어진다.

2. 안정적인 습도

갑자기 너무 높은 습도나 낮은 습도에 보이차를 노출시키면 안 된다. 사계절 동안 자연적으로 습도가 변하는 것이 보이차 발효에는 최상의 조건이다. 홍콩과 광동, 마카오와 같이 사계절이 있으면서도 극단적인 기후의 변화가 없는 곳이 좋다고 알려진 것도 그 때문이다.

3. 빛을 피하라

햇빛이던 전구에서 나오는 빛이던 보이차에겐 좋은 영향을 미치지 않는다. 이것은 찻잎이 붉게 변하게 하고 탕이 연해지고 신맛을 나게 한다.

4. 적절한 통풍

공기 중의 산소가 보이차의 발효를 촉진시켜주기에 가끔씩 보이차에 바람을 불어 줘야 한다. 따라서 보이차를 비닐봉지나 랩핑백에 넣어서 보관하면 안 된다. 하지만 너무 많은 공기를 쐬면 맛이 약해지고 연해진다. 창문을 열어주는 것 정도면 적당하다.

5. 냄새가 안 나는 장소

보이차는 주위의 향을 빨리 빨아들이기에 부엌이나 냉장고 안과 같은 곳에는 보관하면 안 된다. 이런 곳은 보이차 고유의 향을 유지하기 어렵고 후발효 진행을 위한 온도와 습도 유지에도 적합하지 않다.

6. 같은 종류의 보이차끼리 분리

숙차의 특유의 향이 생차로 쉽게 가기 때문에 생차와 숙차는 같이 보관하면 안 된다.

개인의 경우 보이차를 구매한 곳에 보관을 부탁하는 것도 방법이다. 보통 보이차를 구매할 때는 2~3편 또는 1통(7편)을 사서 함께 보관하면서 함께 발효가 되게끔 하는 것이 좋다.

나의 경우에는 햇볕은 안 들고 통풍이 되는 책장이 있는 서재에 대나무통이나 종이박스, 옹기를 이용해서 보관을 하고 있다.

참고로 보이차를 우리고 남은 찌꺼기들도 아래와 같이 훌륭하게 재활용할 수가 있다.

1. 컵에 담아서 전자레인지에 돌리지 않은 상태로 놔두면 냄새를 흡수한다.
2. 스타킹이나 접시에 넣어서 냉장고에 넣어 두면 냉장고의 잡내를 빨아들인다.
3. 못 쓰는 구멍 난 스타킹에 넣어 욕조에 담가 반신욕이나 좌욕을 한다.
4. 화초나 나무에 썩힌 보이차 찌꺼기를 비료로 줄 수도 있다.

아무리 강조해도 지나치지 않은 보이차 보관의 중요성

보이차의 보관과 발효에 관하여 좀 더 쉽게 이해가 가는 예가 있다. 어느 집에서 세쌍둥이가 태어났다고 하자. 이 아이들이 각각 한국과 중국, 미국에 보내졌다면 10~15년 후 이 아이들의 개성은 적지 않은 차이를 보일 것이다. 뿌리는 같아도 완전히 다른 결과를 보일 수 있다는 것, 이것이 바로 보관의 중요성이다.

운남성에서 만든 보이차라고 해도, 건조한 운남성에서 보관하여 머물러있던 것과 홍콩과 광동성 등 습한 지역에 있었던 것, 미국이나 유럽 등 관리를 제대로 하지 못하는 곳에 보내졌던 것의 맛은 그야말로 천양지차일 것이다.

흔히 이무의 차들이 부드럽고 달고 맹해의 차들이 대지차이기에 좀 강하다고 하지만, 이무라고 모두 부드러운 것은 아니며 맹해라고 모두 센 것은 아니다. 홍인과 녹인도 마찬가지다. 옛날에 만든 홍인의 방식이 현재까지 유지될 리가 없고 물을 포함한 그때의 자연 환경과 차를 만드는 사람이 지금과 같을 수가 없기에 이제는 홍인 녹인 혹은 이무 맹해 이런 것보다 어떻게 어디서 보관을 했냐가 더 중요하다.

이처럼 보관방법이 중요하지만 이것은 각 차상인들만 아는 비밀 같은 것이다. 그래서 맹해차창 같은 유명한 곳도 생산품은 좋지만 보관은 뛰어나다고 말하기 어렵다. 결국 보관을 오랫동안 많이 했던 경험이 있는 홍콩과 광동에서 보관하는 보이차가 맛이 좋을 수밖에 없는 이유다. 하지만 광동은 보관의 역사가 역시 홍콩보다 길지는 않다.

건조한 곳에서는 발효차인 보이차가 거의 변화가 없으며 습도가 높은 곳이 상대적으로 발효의 시간을 단축시킨다. 봄의 홍콩의 날씨는 습도가 90%까지 올라간다. 하지만 짧은 기간에 보이차가 높은 습도에 노출이 되는 것은 유익하고, 보이차의 발효에는 물이 필수 요건이기에 나쁘지 않다.

봄에 수분을 흠뻑 담은 보이차는 75~85% 습도의 더운 여름에도 발효가 되고 수분이 낮아지는 가을이나 겨울에 수분을 공기 중으로 배출한다.

최근에는 홍콩과 습도 및 온도가 비슷하고 위치도 가까운 중국 광동성의 동관이라는 곳에서 보이차를 대량으로 보관하고 있다. 사업장 문을 닫은 공장들을 보이차를 저장하는 공간으로 활용하고 있는 것이다.

보이차는 가짜도 많고, 중금속까지 검출되며 나아가 살충제와 농약이 많다는 이야기들이 있었다. 심지어 몇 년 전에는 어느 과학 비평가는 '보이차에 발암물질이 들어있다'고 주장해 사람들을 동요하게 했지만 근거는 드러나지 않았다. 그렇다면 왜 이런 소문들이 생겨났고 아직까지 남아있을까?

앞서 설명한 것처럼 1970년대 초반 홍콩에서 빠르게 숙성시키는 방법인 악퇴 기법이 만들어졌다. 영세한 소규모의 개인 차창에서는 이것을 꼼꼼하게 하지 못해 숙차에 곰팡이와 잡균들도 생기기도 하는데, 여기서 일부 운영자들이 곰팡이를 방지하는 살균을 하는 화학제품을 뿌리는 일이 있었다.

하지만 만들어진지 얼마 안 된 아주 영세한 업체에서 만든 보이차라면 모르겠지만, 규모가 있고 유명한 대익 같은 곳에서는 생산된 보이차에 그러한 성분이 남아 있지 않도록 관리가 되고 있다. 화학제품들을 쓰는 것들도 시간이 지나면서 대부분 사라지게 된다. 짧게는 몇 년에서 몇 십 년이 흐른 후에 보이차를 마시는 것이기 때문에 이미 살균용 화학제품들은 공기 중으로 날아가게 된다. 또한 보이차를 우릴 때는 100c의 팔팔 끓는 물에 헹구기 때문에(세차) 혹시 보이차에 남아있을 수 있는 안 좋은 성분이나 이물질 또는 카페인까지 버리게 된다.

결론적으로 오늘날 정상적으로 구입한 보이차에서 잔류 농약이나 화학성분들은 걱정할 필요가 없다. 국내에 정식으로 수입하는 보이차 업체 중에는 국내 식약청에서 잔류 농약 및 중금속 등 유해물질에 대한 안전검사를 실시한 곳들도 있다.

한국에서 보이차를 활용해 나아가야 할 길

나는 과거의 보이차는 과거로 남겨두고, 미래의 보이차를 바라봐야 한다고 생각한다. 이 책에서 지금까지 다루어 온 내용들 역시 지나간 과거의 보이차를 아는 것이 아니라 지금과 앞으로 보이차를 즐기기 위함이었다. 앞으로 우리나라에서도 더욱 보이차를 몸으로 느끼고 변화를 체험하며 서로 권할 수 있는 분위기를 만들어 가기를 바란다. 내가 생각하는 보이차의 나아갈 길은 다음과 같다.

1) 커피 체인점에서 보이차 판매

홍콩의 어느 유명한 커피 체인점에서는 비록 티백에 담겨있지만 커피보다도 저렴하게 숙차를 판매하고 있다.

중국을 비롯한 홍콩과 대만에서는 이미 보이차의 퓨전까지 적극 시도하며 발전시켜나가고 있다. 커피숍에서 보이차 라떼, 진저 보이차 라떼 등을 개발해서 판매하고 있는 것이다. 현재 홍콩과 대만 사람들은 역사가 오래된 대만의 천인명차의 매장에서도 보이차 라떼를 마실 수 있다.

그러나 현재 판매되는 보이차의 규격화가 쉽지 않은 것도 사실이다. 마치 우리나라의 전통 막걸리 수출이 어려운 것과 비슷하다. 제조법 및 위생관리, 제품사양 등이 규격화가 전혀 안되어서 기준을 잡고 만들지 못하고 있다. 와인이나 사케처럼 정확한 규정이 되어있으면 좋겠지만, 보이차나 막걸리는 아직까지도 제품 규격이 통일되기가 쉽지 않다. 더구나 중국에는 몇 천 개나 되는 차창이 있다. 제조법이 저마다 다르고 대량 상품화가 쉽지 않기 때문에 얼그레이는 이 맛이야! 아쌈은 이런 맛이지! 하는 맛의 기대치를 꾸준히 충족하기가 어렵다.

뿐만 아니라 품질을 보증하는 기관이 존재하지 않고, 중간에서 판매하는 사람들에 대한 신뢰도 역시 크지 않은 상황이기 때문에 커피 체인점은 평판이 나빠질까 쉽게 접근하지 못하는 점도 있다.

따라서 앞으로 미래의 보이차에서 가장 중요한 과제는 규격화, 통일화라고 생각한다. 그래야 커피나 와인처럼 일정한 맛과 품질을 기대하고 안심하고 소비를 할 수 있게 될 것이다. 커피체인점이 어렵다면 우선 동네 작은 개인이 운용하는 커피숍부터라도 보이차를 메뉴에 올리면 좋은 방안이 될 수 있다. 향후에 품질관리 등급관리 유통관리가 체계화된다면 우리나라도 보이차를 커피 체인점 등에서 만날 수 있는 일상의 음료로 자리 잡을 수 있는 길이 열리게 될 것이다.

2) 커피처럼 쉽게 마시는 분위기 조성

보이차는 원래 변방 소수민족의 차였기 때문에 다도가 그리 발달하지 않았다. 편하게 마실 수 있는 것이 보이차의 큰 장점이며, 따라서 보이차를 마시는 방법에도 정답이 있는 것은 아니다. 꼭 자사호나 개완을 이용하지 않아도 편하게 우려서 마실 수 있는 자신만의 방법이 있다면 그것으로 충분하다.

나는 보이차가 커피만큼이나 마시기가 편해야 한다고 생각한다. 보이차 대중화의 걸림돌이라고 한하면 녹차 등 동양차와 마찬가지로 번잡한 다도를 접목하며 어렵게 만드는 부분이 있다. 차 마시는 일을 신성한 것처럼 받아들이는 것보다 커피처럼 누가 언제라도 간편하게 접근할 수 있도록 기호식품으로 포지셔닝을 해야 한다는 것이다.

그래서 우리가 평소 즐겨 마시는 기호음료를 벤치마킹하는 것이 필요하다고 본다. 예를 들어 집이나 직장에서도 일상적으로 사용하는 커피머신과 주위에서 쉽게 구할 수 있는 커피캡슐과 같은 보이차 상품이 나와 주면 더욱 편리할 것이다. 실제로 보이차 애호가들 중에는 커피머신을 활용해서 보이차를 우리는 사람도 있다.

3) 학교, 구내식당 등에서 싸구려 커피 대신에 보이차를 공급할 수 있다.

회사 구내식당이나 교회, 성당, 절, 호텔 뷔페처럼 많은 사람들이 몰리는 곳에서 보온이 되는 커다란 용기 안에 보이차 티백을 넣고 우려서 제공하는 방법도 생각해 볼 수도 있다. 또한 유치원, 초등학교, 중학교, 고등학교에도 탄산음료나 에너지 드링크 보다 건강과 학습능력에 도움이 되는 보이차를 마시게 하는 것이다.

세계적으로 서비스가 가장 좋기로 유명한 싱가포르 항공에서는 보이차를 기내에서 제공하고 있다. 이처럼 우리나라도 대중운송 수단인 기차 고속버스 비행기 등에서 보이차를 제공해주면 더 많은 사람들이 맛볼 기회를 얻을 것이다.

사람들이 어릴 때부터 보이차를 쉽게 접하고 자주 마시게 하고 또 많이 보여 주는 것도 대중화에 꼭 필요하다. 이들이 마시고 효과를 느끼면 나중에 이들이 가정을 꾸리고 가족 단위에서도 자연스럽게 전파가 될 것이다. 따라서 초등학교부터 급식하는 곳이나 매점 같은 곳에서 보이차를 팔거나 또는 학교에 배치해서 자주 마실 수 있도록 기회를 줘야 한다고 생각한다. 결국 가능한 많은 사람들이 일상생활에서 쉽게 마실 기회를 줘야 한다는 것이다.

4) 와인과 비슷하게 결혼기념일이나 아이들 생일이 있는 해에 만들어진 보이차를 사서 보관을 하다가 아이들이 커서 졸업이나 취직, 결혼을 할 때 선물로 줄 수 있는 기념할만한 보이차를 사는 것도 좋은 방법이다. 와인도 이처럼 활용할 수 있으나 와인은 한번 열면 다 마셔야 하지만, 보이차는 두고두고 기념일마다 마실 수 있고 해마다 발효가 더해진다는 장점이 있다. 회사의 기념일이나 연말연시에 보이차를 선물로 주는 것도 좋은 방법이다. 실제로 나는 좋은 보이차를 발견하면 여러 개를 구입했다가 지인들의 기념일에 선물로 주곤 한다.

5) 최근에 유명 연예인들도 TV에 나와서 보이차를 마시는 모습을 보여줌으로써 대중들에게 보이차에 대한 관심을 높이기도 했다. 또한 유명한 스님들이 보이차를 많이 마시고 있기 때문에 대중의 인기가 있는 스님들이 보이차를 마시는 모습을 보여주는 섯도 좋은 기회가 될 것이다. 그래서 대중들에게 좀 더 가깝게 다가 가는 모습이 많아야 한다고 생각한다. 신문이나 공중파 종편 등에서 보이차에 관한 방송이나 기사를 자주 다루는 것이다.

예전에 중국의 모택동 주석이 미국의 닉슨 대통령과 국교 정상화 회담을 할 당시 무이암차의 대표격인 대홍포를 선물했듯이 중국 국가차원에서 시징핑 주석 같은 영향력이 큰 인물들이 해외 영수와의 회담에서 보이차를 선물하면 어떨까. 정치가나 유명인들을 이용한 마케팅도 필요하다고 본다. 우리나라도 유명인들, 정계나 재계에서도 보이차를 많이 마시는 것으로 알고 있다. 그분들이 마시는 것이 언론 매체에 노출이 될수록 대중화는 빠를 것이다.

차담 – 보이차는 비싸다?

일반 커피 체인점의 커피 한 잔과 보이차 한편의 가격을 1:1로 비교하면 무척 비싸게 느껴지지만, 보이차 1편은 한 달 반에서 두 달은 마실 수 있는 양이기 때문에 마시는 총량을 고려했을 때 커피나 다른 차에 비해 결코 비싸지 않다.

예를 들어 일반적으로 커피 체인점에서 아메리카노 톨사이즈의 가격이 5천 원이라고 하자. 보이차는 1편이 357g이고, 한번에 8g 정도를 우리면 대략 2리터가 나온다. 보이차 1편을 넉넉히 잡아 20만원이라고 한다면(내가 보이차 동호회 사람들과 해외에서 공동구매를 하는 14–15년 된 보이생차의 가격이 15~20만원 정도이다. 숙차는 오래되고 좋은 것이 10만원 정도이다) 하루 2리터에 5천원이 안 되는 셈이다. 브랜드 커피나 와인과 비교해도 가성비에서 게임이 안 된다. 설령 아주 비싸게 1편에 50만원으로 계산한다 해도 1달 반을 마시면 하루 1만원이 조금 넘는 금액이고, 커피 2잔을 마시는 것과 비슷하지만 그것을 매일 2리터 마실 수 있기 때문에 좋은 보이차를 훨씬 더 많이 마시는 셈이다.

결국 비싸다는 선입견을 버리고 자신에게 맛있고 좋은 보이차를 자신의 주머니의 사정을 고려해서 고른다면 오히려 다른 음료보다도 부담 없이 즐길 수 있을 것이다.

보이차는 진화하고 있다

우리나라에도 보이차를 즐기는 사람들이 점차 늘고 있다. 2000년대 초 한국에서 보이차 붐이 일었을 때 한국인들이 중국 운남성의 농업대학으로 유학을 가서 그 전통기술을 연구하고 배우려 하기도 했다. 그러나 아직도 한국인이 보이차를 제대로 생산해내지는 못하고 있다. 수천 년 동안 이어져온 보이차 제조에 대한 노하우는 문화대혁명으로 대부분 사라졌으며, 남아있는 기술들도 그 미묘한 공정들이 쉽게 전파되지 않는다. 제조기술이 차창마다 각기 조금씩 다르고 쉽게 베낄 수 없는 노하우가 축적되어있기 때문이다.

그동안 중국의 보이차 시장은 꽤나 복잡하고 다사다난한 일들이 많았다. 2007년 보이차 대폭락과 2013년 고차수 파

동이 있은 후 시장이 겨우 진정되며 다시 산업으로 부각 받기 시작했다.

한편으로 과거 거의 모든 보이차가 병배(다른 지역이나 등급의 보이차 원료를 섞는 것. 영어로 병배는 blended cha라고하고 순료는 puer cha라고 한다)를 했던 것이 2006년경부터 사람들이 보이차에 좀 더 지출을 하면서 맛이 더 좋은 한 지역에서 나온 순료(純料) 보이차를 선호하게 되었다. 물론 이 순료 보이차의 맛이 병배차 보다는 더 좋고 가격도 상당히 비싸다. 좋은 순료차는 1kg에 60만 홍콩달러(약 8700만원)를 호가하기도 한다. 하지만 여전히 보이차 시장에서는 병배차의 공급이 많고 순료차의 수요가 늘고 있는 상황이다.

또한 원래 좋은 보이차는 야생에 있는 수령이 상당히 오래된 교목에서 나온 것이다. 그러나 지금은 야생에서 나오는 양이 너무 적고 대부분 보호수로 지정되어 있기 때문에 값이 너무 비싼 상황이다. 사실 계획경제하의 중국에서는 야생의 잎으로 만든 보이차가 없었다. 심지어 고가의 골동품 보이차의 잎이 야생차인지도 확실하지 않다. 이런 보이차들 역시 오랫동안 발효가 되어서 맛이 좋아진 것이지 야생이라서 좋은 것은 아니라는 것이다. 최근에는 교목보다는 계단식으로 조성된 차밭에서 관목(인위적으로 옆으로 자라게 해서 관리가 쉬운 나무)에서 나온 차인 대지차, 농약과 인공비료를 쓰지 않고 유기농으로 기른 생태차가 많이 유통된다.

이처럼 보이차는 멈춰있지 않고 진화하고 있다. 보이차 시장은 과거와는 다른 게 수요가 급격히 늘면서 공급이 따라가지 못하는 실정이다. 과거엔 홍콩을 포함한 광동과 대만 정도가 주요 보이차 소비지였다면 현재는 중국 전역으로 확대되면서 수요가 크게 늘고 있다. 개개인의 소득이 늘면서 건강한 백세 시대를 위해 예전에는 몰라서 못 마시던 보이차를 구하는 사람들이 많아졌으며 과거 2년 동안 보이차의 가격은 상당히 많이 올랐다. 따라서 향후엔 다양한 형태나 보관 방식으로 만든 보이차가 점점 더 많아질 것이며 가격도 더 많이 오를 것으로 예상된다. 이 책의 내용 역시 향후에 이 흐름에 따라서 보충이나 개정을 해 나갈 예정이다.

우리가 마시는 물에는 생수 약수 수돗물 샘물 등 다양한 종류가 있다.

그중 칼슘 마그네슘 등의 함유량이 높으면 경수라고 하며 반대로 낮으면 연수라고 한다. 보이차의 경우 미네랄이 풍부한 경수로 우려내면 탕색이 진해지며 떫은 맛이나 향이 약해지는 경향이 있다. 미네랄이 상대적으로 적은 연수는 탕색이 연해지고 떫은 맛과 향이 올라온다.

한국이나 일본은 연수의 나라다. 즉 물에 포함된 미네랄이 많이 없는 것이다. 중국의 경우는 칼슘이 많이 들어간 경수이다.

생수를 넣던 비싼 물을 넣던 결국 팔팔 끓이기 때문에 큰 차이는 없으나 미네랄이 들어간 생수가 차를 우리기에는 가장 무난하다고 할 수 있다. 그래서 이왕이면 미네랄이 들어간 경수(지하수나 샘물)를 추천하지만 마트에서 파는 미네랄워터 정도면 충분하다.

그러나 이런 것들을 다 따진다면 보이차를 마시는 것이 번거롭게 느껴질 것이다. 우리가 커피숍에서 어떤 물로 커피를 만드는지 따지지 않고 마시는 것처럼, 보이차 역시 우리는 물까지 신경을 쓰지 않아도 괜찮다는 생각이다.

앞의 사진처럼 물을 자동으로 끓이고 급수해주고 온도가 내려가면 다시 끓여주기도 해서 여러 명이 마실 때 간편하게 이용할 수 있는 저렴한 전기포트 구입도 가능하다.

미래를 위한 한국형 보이찻집

나는 한 달에 한 번 정도는 서울에 출장을 가서 보이차 동호회 사람들과 세미나 및 시음회를 갖기 위한 장소를 알아본다. 그러나 우리나라의 일반 커피숍에서 보이차를 판매하지 않기 때문에 장소가 마땅치 않아 어려움을 겪는 경우가 종종 있었다. 그래서 동호회 회원들의 집이나 또는 보이차를 판매하는 매장에서 진행하는 경우가 많았다.

보이차에 대한 잘못된 선입견과 정보가 잠재적인 소비자들을 멀리하게 만드는 중요한 원인이지만, 보이차에 대한 쉽지 않은 접근성 또한 주요한 원인이라고 생각한다. 대만의 유명한 전통차 잡지인 다예에서는 보이차 품평회를 정기적으로 개최하는데, 한국을 포함한 여러 나라에서 참가한다. 보이차를 사랑하는 동호인들이 모여서 사음하고 평가하는 자리이다. 이곳에서 한국을 대표해 보이차를 마시고 평가하는 분들도 있다. 또한 영어와 중국어는 서툴지만 순수한 애정으로 부산에서 홍콩에 있는 신성차창을 방문한 보이찻집 사장도 있었다. 나는 이와 같은 여러분들의 노고가 있기에 앞으로 한국 보이차의 미래가 어둡지는 않다고 생각한다. 그러나 우리 주변에서 시간과 장소의 제약이 없이 보이차를 즐기고 품평하는 자리가 많이 있으면 있을수록 대중화의 길이 빠르게 열릴 것 같다는 아쉬움이 항상 있었다. 사람들이 보이차를 마시게 하려면 쉽게 접근하고 마실 수 있어야 하기 때문이다.

그런데 얼마 전 친구의 소개로 가본 어느 카페는 신선한 충격이었다. 지하에 있는 카페인데도 불구하고 숲에 온 것처럼 다양한 식물들이 자라고 있었고, 인공 빛이지만 식생을 고려한 조명과 풍수에 따른 자리 배치도 돋보였다.
지하이지만 식생에 아주 잘 맞고 마음이 안정이 되는 분위기라는 것을 단번에 느낄 수 있었다. 인공적인 커피숍뿐만 아니라 스트레스에서 찌든 사람들이 자신들만의 공간, 즉 보이차를 사랑하는 사람들을 위한 공간이 이와 같이 생겨날 수 있다면 좋겠다고 생각이 들었다. 언젠가 한국에서도 누구나 원

한다면 수고스럽지 않게 보이차 시음회도 하고 동호회 활동
도 할 수 있는 이런 장소가 많아질 날이 오지 않을까 기대를
해보았다.

커피보다 보이차
– 몸으로 느끼고 배운 보이차 –

1판 1쇄 발행 2019년 6월 10일

지은이 김찬호
펴낸이 강준기
펴낸곳 메이드마인드
디자인 투나미스

주   소 서울시 마포구 용강동 인우빌딩 5층
주문 및 전화 070-7672-7411
팩   스 0505-333-3535
이메일 mademindbooks@naver.com
출판등록 2016년 4월 21일 제2016-000117호
ISBN 979-11-964091-7-3 (03800)
값 9000원

이제 보이차에 대한 기본적인 지식을 쌓았으니
새로운 기호음료로서 보이차의 세계로 떠나 보시죠!

김찬호 배상